bup
BERLIN UNIVERSITY PRESS

Martin Heipertz
Der Tramp
Die Geschichte des Franz S.

Berlin University Press

Martin Heipertz
Der Tramp
Die Geschichte des Franz S.

Zweite Auflage im September 2011

Lektorat
Christian Döring
Ausstattung und Umschlag
Groothuis, Lohfert, Consorten|glcons.de
Satz und Herstellung
Dittebrandt Layout&Satz, Baden-Baden
Schrift
Borgis Joanna MT
Druck
Beltz Druckpartner GmbH Co. KG, Hemsbach
ISBN 978-3-86280-011-7

Für Franz S.
und alle
die ihm begegnen
wie Sie

PROLOG: DIE ANLAGE

Dem Menschen die Welt sein, will das Dorf. Die Berührung von Welten will die Stadt. Sie bereitet Schmelztiegel für Abgesandte aus verschiedenen Welten. Diese Emissäre verhalten sich meist wie kräftige Magnete, die man mit denselben Polen aufeinander zuführt: Sie kommen sich zwar nahe – doch dann, im letzten Moment, wächst Widerstand, die Pole stoßen sich ab, die Magnete fahren dicht aneinander vorbei. Der eine Mensch gewahrt den anderen wohl aus dem Augenwinkel, vielleicht kreuzen sich ihre Blicke gar, Augen leuchten auf wie Sterne. Noch einen Meter – doch dann, fast immer, stoßen die Pole sich gegenseitig ab. Schon ist man aneinander vorbei. Die Stadt aber befiehlt: „Ich will, daß eure Welten sich berühren!" Und heiß sind die Tiegel, die sie hierzu bereitet.

Kommen Sie einmal nach Frankfurt am Main. Dort finden Sie Tiegel für solches Gebräu, wie die Stadt es will. Zum Beispiel die „Anlage", beginnend querab der Kaiserstraße: Prostituierte und Drogenjunkies aus Babel treffen dort auf Banker und Anwälte aus dem Reiche Mammon. Dazwischen Stadtstreicher, Clochards, im Süddeutschen „Sandler", hier nennt man sie abfällig „Penner". Ob man denselben Menschen einmal als Sandler und anderswo als Penner bezeichnet, macht einen Unterschied, finden Sie nicht? Die Sandler jedenfalls sind Abgesandte in dieser Anlage zwischen Mammon und Babel, weder hier noch dort zu Hause, Gefallene aus einer anderen Welt. Der war vielleicht Anwalt, bevor er fiel, jener Forscher oder Journalist. Es wird hierzulande niemand auf der Straße geboren, und mancher hatte einmal Ambition. Doch nun findet sich alles hier in der Anlage, aus allerlei Welten, und kreuzt in diesem kleinen, verkehrumtosten Grünstreifen täglich vielhundertfach den Weg mit denen aus Mammon und denen aus Babel. Aber man bleibt sich aus den Augen. Fast immer. Obwohl die Stadt es anders will.

Wenn Sie Muße und Sinn haben, nun mit uns hier zu verweilen, dann können Sie die Stadt bei ihrem Werke beobachten. Die Welten begegnen sich voller Gegensätze, und sie reiben ihre Grenzen aneinander. Das Gebräu entsteht, die Konturen verschwimmen – so, wie die Stadt es will. Und über alledem wacht, aus Bronze, Schiller.

Ein junger Mann in einem Nadelstreifenanzug und mit Pomade im Haar entsteigt dem Schacht der Untergrundbahn und verschwindet rasch hinter einem Busch. Mit der Linken streut er weißes Pulver aus einer Silberdose auf den Rücken seiner Rechten, führt diese an die Nase und inhaliert mit einem Ruck, Kopf und Oberkörper weit nach hinten werfend. Dabei schwankt er etwas in den Knien, die breitbeinig gespreizt sind.

Die Szene sieht aus, als stünde er auf der Brücke eines Krabbenfischers auf hoher See und genehmige sich eine Prise Schnupftabak. Kurz hält er inne. Er schüttelt sich, vier klebrige Strähnen dunklen Haares fallen ihm in die Stirn. Mit der einen Hand verstaut er die Silberdose, mit der anderen glättet er sein Haar. Dann betritt er erneut den Gehweg und marschiert strammen Schrittes an einem Junkie vorbei. Der Banker würdigt den Junkie keines Blickes.

Der steht etwas abseits neben Parkbänken an einer Rabatte, gelehnt an eine der acht quadratischen Säulen aus rotgrauen Ziegelsteinen, die das Ensemble umfassen. Er beugt seinen freien, ausgemergelten Oberkörper nach vorne, lehnt den rechten Arm quer über beide Knie und zieht am Bizeps die Schlinge eines dünnen, pißgelben Schlauches mit den Zähnen fest, in der linken Hand die Spritze. Auch ihm fällt strähniges Haar ins Gesicht, und selbst wenn er den koksenden Banker sähe, würde er seiner nicht gewahr.

So geht es am Morgen.

Bleiben Sie mit uns in der Anlage, dieselbe Stelle. Jetzt ist es zwei Uhr nachts. Hinter dem Busch am Schacht der Untergrundbahn schläft eine alte Pennerin im Vollrausch. Zwei bubenhafte Banker entsteigen alkoholisiert dem Schützengraben einer Diskothek. Ihre Gemüter sind gereizt, und hohllärmend betreten sie die Anlage. Auch in ihrem Blut kreist die Droge. Lichtfetzen und das Maschinenstampfen der elektronischen Laute hallen in ihnen nach. Eine der aufreizenden Frauen haben sie nicht abbekommen, dort unten in der Diskothek.

Die kühle Nachtluft macht sie tatendurstig. Um sich ihre Verwegenheit zu beweisen, urinieren sie gemeinsam auf die Pennerin.

Im Blute der Bürger dieser Stadt fließen die Drogen. Sie helfen den Menschen zu vergessen und sich gegenseitig zu ertragen. Man kann die Spuren dieser Drogen im Wasser des Flusses nachweisen, nachdem er die Stadt passiert hat. Das Elixier nimmt die Hoffnung und die Freiheit der Bürger aus ihren Leibern mit in die Gosse, sammelt sich in der Kanalisation, landet im Fluß, vereint mit dem Ausguß all dessen, was die Zivilisation an Flüssigem von sich gibt. So strömen Hoffnung und Freiheit dem Meere zu, um sich und die Menschen auf immer zu verlieren.

Die Stadt hat ihre Anlage fein herausgeputzt; im Sommer blühen Rosen. Kleine, begrünte Hügel mit Beeten und Bäumen mildern den heißen Wind, der aus den Schluchten der Hochhäuser fährt. Die Anlage schafft die Illusion einer fruchtbaren Oase zwischen Grüften aus Beton und Glas. Tosender Verkehrslärm wird durch ein Fleckchen Natur gedämpft. Eine Ahnung von Ruhe und Frieden. (Die Menschen aller Kulturen haben sich das Paradies als Garten gedacht.)

An dieser Stelle, wo die Welten sich berühren, ist jeder Quadratmeter getränkt mit Blut, Kot, Speichel und Rasierwasser. Die Stadt weiß, daß ihre Mischung gelingt. Die Tiegel glühen, die Anlage ist bereit.

Nur Mut, treten Sie ein.

NIEDERSCHRIFT MEINER GESPRÄCHE MIT FRANZ S.

I

Ich heiße Frank Moritz von Waldheim, werde „Fränk" – mit amerikanischem „ä" – gerufen und lebe in Frankfurt am Main, wo ich als Angestellter einer Investmentbank tätig bin. Dies ist meine Stadt – wir tragen denselben Namen.

Diese Geschichte beginnt in einem Park im Bankenviertel. Für mich war diese sogenannte „Anlage" nicht mehr als ein bemühter, kleiner Grünstreifen entlang der nicht mehr vorhandenen Stadtmauer. Mein täglicher Weg zur Arbeit. Aber ich mochte das bißchen Grün. Wer geht nicht lieber durch einen noch so schmalen Park als entlang einer Hauptstraße? Außerdem mochte ich die Vieldeutigkeit dieses Begriffs: Anlage.

Es geschah im Spätsommer des Jahres 2006, die meisten waren schon wieder aus dem Urlaub zurück. Wie an jedem Werktag wälzte sich der morgendliche Strom grauschwarzer Anzugträger über die Treppe aus der U-Bahn und ergoß sich in diese Anlage. Drei Schulkinder, zwei Jungen und ein Mädchen, saßen an jenem Morgen auf einer Parkbank gegenüber dem Ausgang der Haltestelle und betrachteten die Szene. Die Jungen riefen: „Schau mal, die Lemminge von der Deutschen Bank!" Und dann äfften sie uns hinterher, bis wir sie nicht mehr hören konnten: „Lemminge, Lemminge!" Das Mädchen lachte.

Kurz mußte ich noch daran denken, als ich zusammen (aber nicht gemeinsam) mit den vielen anderen Anzugträgern eilig die Anlage durchquerte, um für den Rest des Tages in einem der Glastürme zu verschwinden. „Lemminge, Lemminge!“

Ich fragte mich, ob auch diese Kinder eines Tages zu Lemmingen würden oder ob sie lieber als Penner von den Steuern leben wollten, die wir Lemminge an den Staat bezahlten, damit die Penner nicht eines Tages über uns herfallen würden. Und das Mädchen würde vielleicht eine Nutte werden. Das war doch tröstlich, von den Kassandra-Kindern einer als Lemming, einer als Penner und eine als Prostituierte. Natürlich, als Kinder hatten sie recht – aber wer würde später recht haben? Und wenn schon Lemming, dann aber als Banker im Anzug. Wer zuletzt lacht, lacht am besten.

Ich gewann schnell meine Zufriedenheit zurück an jenem Sommermorgen, als ich die Anlage betrat wie die anderen neben mir. Der Penner saß schon längst da, denn er lebte hier. Er bemerkte mich nicht. Ein Anzug ist auch nur eine Uniform, und für einen Penner sehen wir alle gleich aus: blauer, schwarzer oder grauer Stoff, gedeckte Krawatte, Kragenhemd, Lederschuhe, ordentlich geglättetes Haar, meist Brille, und diese gerne ohne Rand. Einem Penner bleiben die Feinheiten auf ewig verborgen, mit denen ein Banker ein wenig Individualität zu retten trachtet, indem er sich von den anderen Lemmingen abhebt. Ich an jenem Morgen: goldene Manschettenknöpfe, die ich zu meinem Einser-Abitur erhalten hatte, rahmengenähte Schuhe, Einstecktuch aus bunter Seide. Der Stoff meines Anzugs war fein gewobenes Wollgarn, S 150, und selbstverständlich war es ein Maßanzug aus London. Inzwischen lasse ich lieber in Mailand schneidern, aber ich weiß noch, daß es an jenem Morgen einer meiner ersten ordentlichen Anzüge war, aus der Savile Row. Ich hatte in England studiert, und dann gehört so ein Anzug einfach dazu. Mein Einstecktuch hatte ich übrigens nicht etwa streng auf Kante gefaltet, wie man es im oberen Management trägt, sondern künstlerisch-keck in die Tasche geflauscht, um meine jugendliche Extravaganz zu betonen.

Ich ging in Eile, wie immer. Zeit ist Geld. Auch um mich herum überall dieser schnelle, raumgreifende Schritt. Blick und Haltung, als ginge es zu einem Turnier. Beim Näherkommen bemerkte ich zwar den Penner auf seiner Parkbank, aber auch Penner sind für Banker schwer voneinander zu unterscheiden. Dieser hier: zotteliger Bart, Baseball-Mütze mit militärischem Flecktarn-Look, eine abgewetzte Jeansjacke von undefinierbarer Farbe, eine selbstgedrehte Kippe im Mund, tiefe Falten in grauer Haut, dunkle Ringe um trübe Augen, strähnige Haare voll fahlen Staubs. „Wie ein Vietnam-Veteran", schoß es mir durch den Sinn. Obwohl ich nie einen echten Vietnam-Veteranen gesehen habe.

(Beobachten Sie: Die Anlage bringt nun die zwei Magnete mit denselben Polen gegeneinander in Stellung.)

Das offensichtliche Übermaß an Zeit, das dem Penner zur Verfügung stand, provozierte mich. Dem einen die Arbeit, dem anderen der Müßiggang. Der hat schon Rotwein zu seinen Füßen stehen, billigsten Fusel, abgefüllt in eine zerknautsche Plastikflasche. Wissen die, was Arbeit ist? Hat der jemals etwas geleistet? Ekel stieg in mir auf, wurde zu Haß und war wie eine elektrische Ladung.

(„Berührt Euch", befiehlt die Stadt. Aber auf dem letzten Meter wächst Widerstand zwischen den Polen, die Magnete drängen aneinander vorbei.)

In diesem Moment kollidieren am Rand der Anlage auf der Hauptstraße zwei Automobile mit dumpfem Knall. Der Penner blickt auf und sieht mich mit trüben, wässrigen Augen an. Ich fauche: „Früher wärst du im KZ gelandet!"

Schon ist der Anzugträger fort, der das zu mir gesagt hat. Ich lasse mir nichts anmerken. Ich mache mein Gesicht hart wie einen Kiesel. Wenn dich einer auf die Wange schlägt, so halte die andere Wange hin; heißt es nicht so? Ich nehme einen tiefen Schluck aus meiner Pulle. So ist es gut. Herz, beruhige dich. Hand, so zitter doch nicht immerzu. Zitter, zitter. Zither. Weißt du noch, was eine Zither ist, alter Junge? Vater konnte Zither spielen. Nimm noch einen Schluck. Siehst du, das beruhigt. Alkohol bringt Frieden, einen ganz eigenen Frieden. Herr, gib uns deinen Frieden. Nur wer nicht trinkt, könnte meinen, daß nur wenige Schlucke Alkohol doch keine Wirkung hätten. Aber das Gegenteil ist der Fall: Ich beruhige mich ganz schnell. Und ich weiß, daß ich genug in der Flasche habe, um schnell auf meinen Pegel zu kommen.

Bei Hitler wäre ich also im KZ gelandet. So, so. Vater konnte Zither spielen. Als er aus der Gefangenschaft zurückkehrte auf unseren Hof in den Bergen, da hat er gesagt: „Junge, wenn wir gewußt hätten, wie die Nazis wirklich sind – wir wären nicht nach Rußland marschiert, wir hätten umgedreht nach Berlin und sie ausgelöscht." Das hat er gesagt. Und hat nie wieder Zither gespielt. Dem haben die Hände auch so gezittert, immer gezittert. Ich konnte das Zittern nicht mehr sehen. Es war das Letzte, was ich sah, als ich fort bin. Habe ihn nie wieder gesehen. Sein Geruch nach altem Wehrmachtsmantel, als er vor mir stand, der fremde Mann, mein Vater, der Soldat. Komm, nimm noch einen Schluck. Prost, Vater, alter Junge. Jetzt werd bloß nicht sentimental. Trink halt etwas schneller!

Inzwischen habe ich meinen Turnierplatz erreicht. Die Fahnen vor der Bank knattern im Wind der Hochhauskamine wie Feldstandarten von Rittern, die sich mit Lanzen gegenseitig aus dem Sattel heben. Famoser Wind heute. Sturm der Zeit. Was unten am Fluß ein laues Lüftchen ist, wird hier zwischen den Hochhäusern fast zum Orkan. Frankfurt's a windy city, wie Chicago. In Chicago sind die Leute schon gar keine Lemminge mehr, nur noch Ameisen, das muß man einmal gesehen haben, am besten hoch oben vom Sears Tower.

Es tut mir schon leid, was ich dem Penner da an den Kopf gefaucht habe. Schwamm drüber, hat der sowieso nicht gehört. Und wenn, dann kann er sich durch den Kopf gehen lassen, ob Arbeiten so falsch wäre. Das mit dem KZ sagst du aber nicht noch einmal. Meine Güte, wenn dich jemand hört. So ein Spruch, Mensch, das fliegt dir doch um die Ohren.

Ich hole noch einmal tief Luft, die mehr von Abgasen als vom Duft der Bäume erfüllt ist. Aber immerhin richtige Luft, keine Konservenluft aus der Klimaanlage. Ohne zur Ampel zu gehen und dort zu warten, überquere ich die Straße souverän durch den dichten Strom der Automobile. Die Anlage spuckt mich aus. Ich betrete meine Welt. Der Glaspalast verschluckt mich, Drehtüren mahlen wie die Räder einer Mühle. Drinnen ein völlig anderes Klima: keine Abgase, keine Anlage und gewiß keine Bäume. Statt dessen Konservenluft: kalt und rein – nein, steril. Rein ist die Luft in den Bergen, wenn die Sonne durch den Frühnebel bricht. Nachts hat es etwas geregnet, nun stehen kleine Wolken um die Gipfel, dahinter das unendliche Blau des Himmels. Keine Hochhäuser. Früher, als Student, habe ich die Berge geliebt. Wenn ich Penner wäre, dann ginge ich in die Berge und nicht in so einen billigen Park.

Ein Aufzug summt und trägt mich zusammen mit einer vorteilhaft geschminkten Unbekannten innerhalb von Sekunden in eine Höhe von über einhundert Metern. Als Bergsteiger schafft man in einer Tagestour zwischen tausend und tausendfünfhundert Höhenmetern, je nach Gelände. Die Unbekannte hat stahlblauen Augen.

„Good morning! What a nice day."
„Oh yes, beautiful."

So nett und freundlich sind wir alle. Hübsch, die Kleine, aber mit einem harten Zug um den Mund. Als reizender junger Mann mit blendender Ausbildung und großem Potential stehe ich da neben ihr im Aufzug. Ich versuche ein Lächeln im Spiegel des Aufzugs, aber die stahlblauen Augen über dem harten Mund weichen meinem Blick aus. Sie verläßt den Aufzug, der mit dezentem Gong seine Türen öffnet und hinter ihr wieder verschließt. Ich genieße die letzten Sekunden des Alleinseins für heute. Im Spiegel überprüfe ich den Sitz meiner Krawatte und rücke den doppelten Windsorknoten exakt in die Mitte des Haifischkragens. Wieso eigentlich Haifischkragen? Der weiße Hai. Ich blecke mir selbst im Spiegelbild die Zähne. Nun sei nicht albern. Zackig drehe ich mich um die eigene Achse, klappe dabei mit den Hacken wie deutsche Offiziere in amerikanischen Filmen. Gong. Wiederum öffnet der Aufzug seine Türen – das Turnier beginnt. Ich schließe mein Visier, senke die Lanze und gebe dem treuen Schlachtroß die Sporen.

II

Mittag. Gleißende Sommersonne spiegelte sich in den Fassaden der Hochhäuser, hoch über der Anlage. Der Blick hätte vom Taunus bis zum Odenwald schweifen können, hätte man Zeit zum Schauen gehabt.

Mein Tag war bisher gut verlaufen, denn man muß es als „gut" bezeichnen, wenn die Vorgesetzten einen ordentlichen Eindruck von einem gewinnen. Weil man einen hübschen Schnitt macht. Das nämlich zählt, sonst nichts. Ein guter Tag ist nicht unbedingt ein schöner Tag, und man muß auch kein guter Mensch sein, um einen guten Tag zu haben. Diejenigen in meiner Welt, die sich für intellektuell halten, so wie ich, haben Machiavelli gelesen, außerdem Clausewitz und Shun Tsu. Die Moral hier ist von Adam Smith und John Stuart Mill. Es geht um Nutzen und Effizienz, vor allem um die Rendite, den Profit. Den Schnitt halt. Also in diesem Sinne ein guter Tag. Selig, die dürsten nach Gerechtigkeit. Tja, Pech gehabt. Fortuna ist, gemäß Machiavelli, eine reife Frau, die sich von der rauhen Gewalt eines jungen Mannes betören läßt; eines Mannes, der weiß, was er will, und der es sich nimmt.

Ich war auswärts zum Lunch verabredet. Bei uns geht man zum Lunch und nicht „zu Tisch", schließlich ist eine Bank keine Behörde. Banker oder Bademeister. Der Aufzug trug mich wieder hinab. Der zunehmende Luftdruck wirkt auf das Gehör immer ein wenig wie die Landung in einem Flugzeug. Oder wie der Druckausgleich beim Tauchen. Das habe ich auch einmal gemocht. Das Schönste beim Tauchen ist die Schwerelosigkeit. Beim Abbremsen des Aufzugs in einem Hochhaus spürt man das eigene Gewicht dagegen um so deutlicher. Wieder mahlten die elektrischen Drehtürmühlen und warfen mich auf die Straße hinaus. Die Sommerhitze sprang mich an wie ein Raubtier, sofort trat Schweiß auf meine Stirn. Der Weg zum Lunch führte mich in die Anlage.

(Und die Stadt befiehlt: „Berührt euch!")

„Grüß Gott, der Herr! Darf ich Ihnen eine Soziale Welt anbieten? Ist meine letzte Zeitung. Eins fünfzig, wenn Sie so nett wären. Fünfzig Cent wären für mich, ein Euro geht an die Straßenzeitung. Oder Sie geben mir einfach etwas als Spende und verzichten auf die Soziale Welt."

Verdammt, das ist doch der Kerl von heute früh. Wie peinlich. Will mir seine Straßenzeitung verkaufen. Aber er erkennt mich nicht, ist sturzbetrunken, der alte Knabe. Natürlich verzichte ich auf eine soziale Welt. Aber der Typ ist ganz und gar nicht uninteressant. Hört sich an wie ein Wiener, das ist ja ulkig. Oder eher noch wie ein Tiroler, allerdings einer, der lange nicht zu Hause war. Dort unten würde man sagen, ein Sandler, nicht ein Penner. Sandler hört sich irgendwie netter an als Penner. Ich mag Tirol und die Berge wirklich gerne.

„Hören Sie, ich habe überhaupt kein Kleingeld dabei im Moment. Aber wenn ich vom Mittagessen komme, dann kaufe ich Ihnen die Zeitung ab, versprochen."

(Sehen Sie: Die Stadt lächelt. Ihre Anlage arbeitet gut; der Tiegel hat die richtige Temperatur. So hat sie die Abstoßungskraft der Magnete überwunden. Der eine ist betrunken, der andere hat ein schlechtes Gewissen – man kann sich begegnen.)

„Das sagen sie alle, daß sie später kaufen wollen, und dann kommen sie nicht. Haben Sie wirklich nichts dabei?"

„Nein, kein Kleingeld. Warten Sie – hier, nehmen Sie den Fünfer. Ist schon in Ordnung. Dann verkaufen Sie die Zeitung halt an jemand anderen."

„Oh, vielen Dank der Herr! Das ist aber nett! Davon kann ich mir einen Gockel kaufen. Wissen Sie, was das ist, ein Gokkel? So sagt man bei uns zu einem Huhn."

„Das weiß ich schon. Sagen Sie, sind Sie aus Tirol? Sie haben so einen Dialekt."

„Jau."

„Ich erkenne den Dialekt, wissen Sie. Ich liebe die Berge. Ich war früher oft in Tirol zum Bergsteigen."

„Ja wissen's, ich komme nämlich aus den Bergen. Auf einem kleinen Hof in Tirol bin ich geboren. Und dann habe ich in Wien gelebt. Hätten Sie vielleicht noch eine Zigarette für mich?"

„Nein, ich rauche keine Zigaretten. Hier haben Sie einen Zigarillo. Ist das auch recht?"

„Mei, so a guten Tabak! Das habe ich lange nicht gehabt."

„So, Sie kommen also aus Tirol, waren dann in Wien und sitzen jetzt hier in Frankfurt und verkaufen den Bankern die Soziale Welt?"

„Jau. Aber das ist eine lange Geschichte."

„Interessant."

Mir wird anders zumute. Ich spüre, daß ich im Begriff bin, etwas Ungewöhnliches zu tun, das nicht zu meinem Leben paßt und es vielleicht gar verändern könnte. Aber ich habe keine Wahl. Als wäre es das Natürlichste der Welt, ein Banker und ein Penner, sage ich wie von selbst:

„Ich möchte Ihre Geschichte hören. Aber ich habe jetzt keine Zeit, ich bin verabredet. Sind Sie heute abend noch hier?"

„Ich bin immer hier."

„Na, dann lade ich Sie zum Essen ein. Ich möchte Ihre Geschichte hören, wirklich."

„Ja, so was. Das passiert auch nicht alle Tage. Hör, Junge, das ist eine lange Geschichte. Ich bin nämlich kein Penner. Ich bin ein Tramp. Und ich war einmal ein Bankräuber. Da könntest du ein Buch drüber schreiben, über mein Leben, wenn du ein Schriftsteller wärst und kein Banker."

Nun gab es kein Zurück mehr.

„In Ordnung, Tramp. Ich hole Sie um acht Uhr hier ab,

dann gehen wir etwas essen, und Sie erzählen mir Ihre Geschichte. Und vielleicht mache ich ein Buch daraus, wer weiß, vielleicht bin ich ja in Wirklichkeit ein Schriftsteller und gar kein Banker?"

(Und so bekam die Stadt ihren Willen.)

III

Der Penner, also der Sandler, hieß Franz, und meinen Namen sprach er mit rollendem „r“: Frrrank. Das war einmal anders als das übliche „Fränk“. Er duzte mich, da ging ich auch zum du über. In der Bank mußte ich schließlich auch wildfremde Leute duzen, weil die „Corporate Culture“ es so wollte, warum also nicht auch diesen Franz hier?

Ich redete mir ein, daß es eine kleine Plaisanterie war. Meine Eskapade, einen Penner zum Essen auszuführen. Ich bugsierte ihn zu einem Vapiano-Restaurant; wollen mal nicht gleich übertreiben, so ein anonymer Schickimicki-Schnellimbiß war gerade recht. Ich freute mich, was wir für ein drolliges Pärchen abgaben: der abgehalfterte, alte Mann und ich daneben der junge, fesche Investmentbanker. Trotzdem war es mir nicht ganz geheuer, was ich hier tat. Außerdem war ich froh, daß uns niemand daran hinderte, das Lokal zu betreten, und vor allem, daß mich niemand erkannte. Wir bestellten, erhielten unsere Gerichte über den Tresen und setzten uns mit den Kantinentabletts draußen in die Abendsonne an die Straße, die um den Goetheplatz führt. Franz hatte Pasta geordert und eine besonders große Portion erhalten, ich aß einen Salat. Dazu teilten wir uns einen dreiviertel Liter Rotwein.

Nach dem Essen überquerten wir den Roßmarkt und setzten uns in ein Straßencafé unweit vom Goethehaus. Ich verzichtete darauf, Franz auf Goethe hinzuweisen, band meine Krawatte auf und bestellte Weißbier für uns beide. In Frankfurt sagt man „Hefeweizen“, aber um Franz zu zeigen, daß ich des Süddeutschen mächtig war, sagte ich „Weißbier“ zum Kellner, der mich kurz fragend anblickte und dann nickte.

Wir rauchten meine Zigarillos, und Franz berichtete noch einmal, daß er in seinem früheren Leben Bankräuber gewesen war. Ein Banker und ein ehemaliger Bankräuber, mitten in Frankfurt. Erst war ich nur oberflächlich amüsiert, dann aber wie gebannt. Schließlich hörte ich ihm nur noch zu, denn Franz erzählte fast ohne Unterlaß:

„Du, Frank, das ist schon seltsam. Kein Banker würde mit mir reden. Keine Bank auf der Welt würde mir überhaupt ein Konto eröffnen, auch wenn ich Geld hätte. Banken führen eine schwarze Liste. Wenn du einmal bei den Banken auf dieser schwarzen Liste stehst, dann hast du keine Chance mehr. Die einzige Bank, die mir angeboten hat, einmal ein Konto zu geben, daß ich die 1240 Euro, die ich aus Österreich kriege, überweisen lassen kann, ist die Post gewesen. Die haben gesagt, okay, wir machen das. Aber auch nur einmal, und nur zum Abheben. Bei jedem anderen würden sie auch einmal überziehen lassen, aber bei mir nicht, auch wenn's nur 100 Euro wären. Ich wette mit dir, wenn ich jetzt eine Arbeit finden würde und zur Deutschen Bank gehen, dort den Paß vorlegen – die würden sofort ablehnen. Ich habe bei den Banken keine Chance. Mich wundert, daß du mit mir redest. Die wissen genau, daß ich einmal Bankräuber war. Für die bin ich tot. Und jetzt lerne ich einen Banker kennen! Ein Bankräuber und ein Banker! Ja, das Leben spielt so seine Spiele …

Früher habe ich einen Freund gehabt, einen guten Freund. Mit dem habe ich die Dinger zusammen gedreht. Nur, daß wir keine Chance mehr gehabt haben, weil sie uns international gesucht haben, weltweit. Eines Tages gehe ich aus der Pension, wo wir geschlafen haben, heraus. Ich hab ja nicht immer auf der Straße geschlafen. War alles umstellt. Da habe ich mir gedacht, okay, bewaffneter Bankraub in Österreich, Strafrahmen zehn bis zwanzig Jahre. Wir waren ja schwer bewaffnet. Also schwerer Raub, vielleicht lebenslang. Wenn wir mit Plastikpistolen reingegangen wären, alles halb so schlimm. Aber so?

Ich hab zu schießen angefangen. War ja nichts dabei. Ich hab halt zu spielen angefangen, da war ich eben auch ein Spieler! Und, verflixter Hund, ich wär fast weggekommen. Beinahe wäre ich durchgekommen!

Auf einmal steht da so ein junger Polizist vor mir. Zwei Meter Entfernung vielleicht. Sag ich zu ihm: ‚Ich habe mir eine 357er Magnum gekauft. Die hat eine Durchschlagskraft, auf zweihundert Meter Entfernung reißt sie dir noch den Kopf ab, wenn sie halbwegs gut trifft.'

Zielgenau schießen kannst du mit so einer Wumme auf dreißig Meter. Und schießen habe ich können, das habe ich in Österreich beim Militär gelernt. Schießen habe ich können. Und als kleiner Bub auch schon, weil ich auf dem Lande aufgewachsen bin, verstehst du? Mein Großvater hat einen Wald dabei gehabt und gekloppt da, und ich habe auf Dosen geschossen. Auf zwanzig Meter Entfernung habe ich dir von einer Herz-Ass Karte das Herz rausgeschossen. So gut hab' ich schießen können. Also, hab' ich gesagt: ‚Paß auf Junge, mit zwei Fingern ziehst du deine Waffe und legst sie nieder auf den Boden, und die Sache ist erledigt.'

Was macht der Idiot? Zieht die Waffe. Ich hab' ihn gewarnt! Ich habe gewartet, bis er gezogen hatte. Bis er die Waffe entsichert hat gehabt. Erst dann habe ich geschossen. Das war mein Glück.

Aber es gibt keine Notwehr, wenn du auf einen Polizisten schießt. Ja, dann hat natürlich alles auf mich geschossen. Die Polizei hat auf mich geballert wie verrückt. Dreimal bin ich getroffen worden. Einmal im Oberschenkel, einmal in der Leistengegend und einmal im Bauch. Das habe ich überlebt. Dann hatten sie mich ein paar Monate im Krankenhaus. Und dann kam ich vor Gericht: dreifacher Banküberfall, versuchter Polizistenmord – mein Strafrahmen war bis lebenslang. Damit habe ich dann schon gerechnet.

Ja, und dann kommt die Aussage von dem Jungen. Also, ein Schwurgericht in Österreich besteht aus acht Geschworenen und drei Berufsrichtern. Dazu Gerichtspsychiater und Gutachter, Staatsanwalt und Verteidigung. Und dann kommt der Polizist als Zeuge rein. Im Rollstuhl, weil dem hat's den Fuß weggerissen. Die Magnum, das hat eine Durchschlagskraft, vom Knie ab war einfach alles weg. Da war nichts mehr beieinander. Dem war die Karriere zu Ende. Und da hat er mich gerettet vor lebenslang. Der Richter fragte:

‚Hat Sie der Angeklagte töten wollen? Hat er geschossen, um zu töten?'

‚Nein.'

‚Warum nein?'

‚Glauben Sie, daß er das nicht vollbracht hätte? Der war mit seiner Pistole zwei Meter vor mir im Graben. Mit der Magnum kann man nicht danebenschießen. Der hat gezielt auf mein Bein geschossen. Der wollte mich nicht töten.'

‚Warum hat er dann geschossen überhaupt?'

‚Das war im Grunde genommen meine Schuld. Also meine Schuld auch nicht, weil ich nur meine Pflicht getan habe. Er hat mich aufgefordert, die Waffe mit zwei Fingern herauszuziehen. Ich habe meine Waffe, wie es meine Pflicht als Polizist ist, gezogen, habe sie entsichert und wollte schießen. Und er hat sogar gewartet, bis ich entsichert hatte.'

‚Und was wäre passiert, wenn er nicht geschossen hätte?'

‚Na gut, okay, dann hätte ich ihn erschossen.'

Und das war die Rettung vor lebenslang. So habe ich achtzehn Jahre gekriegt, denn der Richter hat unter zwanzig bleiben müssen. Aber wenn man zwei unter zwanzig bleibt, dann ist das auch lachhaft, oder? Also, zum Wohl!"

IV

Längst hatte ich Weißbier nachbestellt. Nichts schien mir spannender zu sein, als diesem Mann weiter zuzuhören. Ich dachte nicht mehr an die Firma und auch nicht an die Unbekannte mit den stahlblauen Augen und dem harten Zug um den Mund. Ich wollte die Geschichte dieses Mannes hören. Franz nahm einen tiefen Schluck aus dem Glas und strich sich den Schaum aus dem Bart. Dann fuhr er fort:

„Ich bin natürlich in Berufung gegangen. Das Berufungsgericht hat das Urteil dann noch einmal reduziert, um drei Jahre. Aber auch nur deshalb, weil sie neben die Aussage von dem Polizisten auch noch die Aussage von den Banken gestellt haben. Die Bankangestellten haben auch ausgesagt, daß keiner sich im Leben bedroht gefühlt hat. Die haben alle einheitlich, vom Filialleiter angefangen bis zum kleinsten Angestellten, ausgesagt:

‚Der Mann hat eine Ruhe ausgestrahlt, der war direkt ruhig, hat nicht geschrieen, er war nicht hysterisch und nichts. Der hat, ganz ruhig und höflich, hat der gesagt, was wir tun sollen. Der war auch nicht aggressiv, sondern direkt freundlich.‘

Den ‚Räuber mit den Samthandschuhen‘ hat man mich daher genannt. Diese kleinen Bankleute haben mich natürlich auch gerettet, verstehst du? Weil sie fair waren und nicht gelogen, sondern die Wahrheit gesagt haben. Heute, da wäre das anders. Und bei euch erst recht. Ich weiß schon, daß ihr etwas anderes seid als eine Sparkasse. Sag, rauchst du nichts mehr?“

Ich verneinte, denn meine Zigarillos waren ausgegangen. Bei der Bedienung bestellte ich für Franz eine Packung Lucky Strike. Franz wandte sich selber an den Kellner:

„Aber die roten bitte! Wenn du keine roten Luckies hast – Entschuldigung, ich bin dreiundsechzig, ich sag immer du, ja? Also, wenn du keine roten hast, dann bring eine Schachtel Camel oder Marlboro. Aber auch die roten, die starken! Weißt, das ist so eine Angewohnheit von mir. Ich sag ‚du' für alles, was jünger ist als ich. Ich bin schon angeeckt, da haben sich schon Leute beschwert. Sag' ich, Moment, wenn du jünger bist als ich, sag' ich ‚du'."

Der Kellner quittierte es mit einem Lächeln. Daraufhin lachte auch Franz und blickte mich wieder an.

„Wo sind wir stehengeblieben? Ja, heute, die Bankangestellten, die würden nicht die Wahrheit sagen. Früher, als sie ausgesagt haben – korrekt und fair. Hut ab, das muß ich sagen, Hut ab! Damit hatte ich nicht gerechnet. Genauso die Aussage von dem Polizisten – ein Polizist, der reißt dich normal rein. Aber der, total fair ausgesagt. Wenn der gesagt hätte, ja, ich hatte das Gefühl, der will mich erschießen, der hat nur danebengeschossen, da wäre ich jetzt schon in Stahn verrottet. Weil in Österreich heißt lebenslang lebenslang. Nicht wie in Deutschland, fünfzehn Jahre."

„Franz, wo wärst du verrottet? In Stahn?"

„Nicht ‚Stahn', das spricht man nur so aus. ‚Stein' heißt das. Du kennst Österreich, aber du kennst Stein nicht? Das ist bis heute das Hochsicherheitsgefängnis bei uns. Stein ist der Knast für die schweren Jungs, verstehst du?"

Er schwieg kurz und sann nach. Daraufhin wollte er Schnaps trinken. Ich bestellte, und wir leerten die Gläser in einem Zug. Franz strich sich über den Bart.

„Eigentlich muß ich Schnaps langsam trinken. Heute wäre das alles nicht mehr mein Ding. Obwohl, ein Bankraub wäre heute gar kein Problem. Glaub mir, schau, ich sag heute, in dieser Beziehung bin ich Profi. Ich weiß, was geht und was nicht – das wäre heute kein Problem. Oder auch ein Geldtransporter. Das wäre heute überhaupt kein Problem, einen

Geldtransporter zu knacken. Da stell ich mich her, mit der Bazooka. Hab ich auch beim Militär gelernt. Fliegt da alles in die Luft. Aber sogar mit einer normalen Pistole kannst du panzerbrechende Munition abschießen. Aber dann die Fahndung, das ist der Punkt: Die hätten dich sofort. Das mußt du dir vor Augen halten: im Computer-Zeitalter, mit der DNA und dem ganzen Zeug.

Da brauchst nicht einmal eine Bank überfallen. Geh ich in ein Wettbüro rein. Das wäre ganz einfach. Manchmal habe ich den Gedanken schon. Aber es geht nimmer. Bin auch jetzt zu alt dafür.

Aber so unruhig war ich schon immer, früher auch schon. Komplett beziehungsunfähig. Meine längste Beziehung, das hat drei Monate gedauert. Ich kann das nicht, in einer Wohnung leben. Oder ein Haus. Oder einen Ferrari fahren, das ist mir egal, das brauche ich alles nicht. Das muß ich alles nicht haben, interessiert mich nicht. Ich brauch auch keine Million. Mich macht Geld nicht glücklich – mich beruhigt es.

Natürlich, ein bißchen Geld in der Tasche zu haben, das hilft mir auch. Wenn es jetzt zu regnen anfängt, dann setze ich mich unter Dach und kann mir ein Bier leisten oder zwei. Oder ein Glas Wein, egal. Und wenn ich Hunger habe, dann ein halbes Hendl, kann ich mir leisten, paßt schon. Oder wenn ich nichts zu rauchen habe, kaufe ich mir eine Schachtel Zigaretten oder einen Packen Tabak. Und das reicht, das reicht mir, Frank!"

„Wie ging es weiter? Erzählst du mir, wie es in Stein war, in so einem Gefängnis?"

„Das Urteil ist also noch einmal reduziert worden um drei Jahre. Auf fünfzehn Jahre. Damit ist es rechtskräftig geworden, die Gerichte haben es bestätigt. Und dann war ich zehn Jahre in Einzelhaft, im Hochsicherheitstrakt. Das ist ein eigener Trakt, ein Gefängnis im Gefängnis. Das heißt, du mußt alleine deinen Hofgang machen, du kommst mit niemandem zusammen, außer mit dem Wärter. Es hat damals keinen Fernseher gegeben, kein Radio, wie sie es heute im Gefängnis haben. Keine Zeitung. Eine Bibliothek mit der Bibel oder irgendwelchen Heimatromanen, aber das war schon alles. Einmal im Monat hast du einen Brief schreiben dürfen und einen empfangen. Heute kann man sich das gar nicht mehr vorstellen. Das kann sich heute gar kein Staat mehr leisten, weil sie sonst Probleme kriegen. Heute haben sie in Österreich im Gefängnis auch unsere Radioprogramme und alles.

Stein kann ich dir beschreiben. Das ist in Krems, und das Gefängnis ist wie eine kleine Stadt, vielleicht zweitausend Einwohner. Ein altes Kloster. Das hat die Kirche dem Staat verpachtet. Von außen siehst du nur hohe Mauern, mehr nicht. Da gibt es den Hochsicherheitstrakt, den Normalvollzug, das ist alles aufgeteilt. Im Hochsicherheitstrakt bist du abgetrennt von jedem anderen Menschen. Eine Stunde Hofgang, das ist dein Höhepunkt, und auch den verbringst du alleine."

„Wie war der Tagesablauf?"

„Um sechs Uhr Wecken. Da hast du aufstehen müssen. Bett bauen, das ist alles kontrolliert worden damals. Noch schlimmer als beim Bund. Genau, aber wirklich millimetergenau. Dann hat's Frühstück gegeben, Kaffee, trockenes Brot. Das hat's in der Zelle gegeben. Durch's Guckloch, da ist die Tür gar nicht aufgesperrt worden. Einfach Klappe auf, Essen rein, Klappe zu. Und dann war schon wieder Feierabend, hat sich keiner mehr um dich gekümmert bis Mittag. Dann wieder Guckloch auf, Mittagessen rein, Guckloch zu. Ißt du da mit dir alleine und denkst an gar nichts. Essen, schlafen, scheißen. Waschen. Hofgang. An die Decke gucken. Lesen, nachdenken, aber nicht zuviel. Mal mit einem Pfarrer quatschen, das hat mich nicht interessiert. Man ist einfach so da und lebt vor sich hin. Die Zeit stirbt, und du stirbst auch, nur dein Körper vegetiert noch. Am besten ist es im Schlaf."

„Die Wärter, was sind das für Leute, wie hast du die empfunden?"

„Die Wärter, das sind ganz normale Leute. Aber Leute mit Macht. Wenn dir einer bös will, dann ist es vorbei. Mit denen legst du dich nicht an, denen mußt du aus dem Wege gehen. Wie hier draußen die Polizei. Wenn ich einem Polizeibeamten eine Watsche gebe, komme ich auf die Wache dafür. Aber der Polizist darf dir eine Watsche geben, interessiert kein Schwein. Natürlich, eigentlich darf er das nicht – aber du mußt es ihm beweisen können, wenn du ihn anzeigst. Das ist nun einmal so, die Macht. Österreich ist ein Polizeistaat, genauso wie Deutschland ein Polizeistaat ist."

„Und wie war es, als du herausgekommen bist?"

„Naja, nach zehn Jahren haben sie mich aus der Einzelhaft herausgelassen. In den offenen Vollzug, wie es dann heißt. Da habe ich auch Arbeit gekriegt. Da gibt es einen großen Schlachthof nebenbei, da habe ich gearbeitet. Dreimal in der Woche ist geschlachtet worden. Da war ich in der Metzgerei. Draußen waren wir auch, in privaten Fleischereien. Meinen Beruf als Metzger hatte ich gelernt, bevor ich in Wien mit dem Spielen angefangen habe. Das Metzgern ist ein Handwerk."

„Erzähl mir einmal von der Schlachterei. Wie ist das als Beruf?"

„Ich liebe Tiere, aber das sind Nutztiere. Du ißt ja auch Fleisch. Irgend jemanden muß es ja geben, der den Job macht. Anders geht es ja nicht. Ich habe mir die Arbeit damals als Jugendlicher selber ausgesucht, nachdem ich von zu Hause fortgelaufen war. Ich bin nicht gezwungen worden, hab's sogar ganz gern gemacht, ist ein schöner Beruf. Man muß nicht immer nur das Blut sehen. Ich bin gegen Tierquälerei. Gegen die Tiertransporte, da bin ich voll dagegen, so wie das gemacht wird. Die EU will ja jetzt Änderungen einführen, aber bis dahin werden die Transporte weitergehen. Mein Motto war immer: kurz und schmerzlos.

Einmal habe ich einen Gerichtsprozeß gehabt, da bin ich angezeigt worden. Wegen Tierquälerei. Das war noch, als ich regulär als Metzger gearbeitet habe, vor der Spielerei und dem Bankraub. Weil mich einer abgestoppt hat, daß ich einem Rind nicht in die Stirn schieße, sondern hinter die Ohren. Da gibt es so eine Stelle, weißt du. Und dann habe ich eine Verhandlung gehabt, der Staatsanwalt wollte ein Urteil wegen Tierquälerei. Mein Rechtsanwalt ist aufgestanden und hat gesagt: ‚Ich möchte etwas vorlesen. Im Paragraphen sowieso steht drinnen, ein Fachmann darf ein Tier so töten, wie er es für richtig hält. Kurz und schmerzlos. Mein Mandant hat den Gesellenbrief dafür. Was will er da mit Tierquälerei?'

Freispruch.

Was habe ich gemacht? Wenn du dem Tier in die Stirne schießt, dann betäubst du es nur. Krepieren tut's dadurch, daß es ausblutet, wenn man ihm dann durch den Hals sticht. Wenn man ihm aber hinter die Ohren reinschießt, dann geht es gleich tot. Der Bolzen geht direkt ins Gehirn. Ein Blitztod. Da merkt er gar nicht, daß er tot ist. Ich bin immer meinen eigenen Weg gegangen, auch im Beruf."

„Ob die Tiere Angst haben?"

„Das spüren die schon. Die wissen vielleicht nicht, daß sie umgebracht werden. Aber das stinkt ja da, nach Schlachtarbeit. Die wissen schon, daß da was ist. Die wittern sozusagen, daß da etwas nicht stimmt. Wenn so ein Transport zum Schlachthof kommt, dann stehen die Tiere erst einmal ein, zwei Tage im Stall. Direkt aus dem Transporter in die Schlachthalle rein, das kannst du nicht machen. Da wird das Fleisch gleich um zwei Grad schlechter, vom Streß.

Aber wo waren wir vorher stehengeblieben? Beim offenen Vollzug. Da habe ich also gearbeitet – für umgerechnet dreißig Pfennige die Stunde. Zwölf Stunden am Tag habe ich gearbeitet. Von vier Uhr früh bis vier Uhr nachmittags. Dann habe ich zwei Stunden Pause gehabt. Und dann ab sechs habe ich im Bau wieder arbeiten müssen, Tütenkleben und so, ungelogen. Aber das habe ich nicht bezahlt gekriegt. Nur die reine Arbeitszeit als Metzger draußen von vier Uhr früh bis vier Uhr nachmittags habe ich bezahlt bekommen. Eine Stunde Mittag ist abgezogen worden – obwohl ich die nicht gehabt habe. Das kann nur ein Schwerstarbeiter.

Ich war bis zum Ende in Stein. Bin aus Stein entlassen worden. Das war ein 11. März, da bin ich aus Stein entlassen worden. Im Jahre 1976."

„Der 11. März 1976? Das ist mein Geburtstag, Franz."

„Na siehst du. Zufälle gibt's. Vielleicht sind das auch keine Zufälle. Für mich jedenfalls war es mein zweiter Geburtstag, denn ich bin wieder frei gewesen."

„Dann erzähl mir doch von deiner Entlassung, bitte."

„Die Entlassung ist leicht zu beschreiben. Ich bin runter in die Kleiderkammer, habe mir meine Privatkleider angezogen. Dieselben Klamotten wie vor fünfzehn Jahren, als ich sie habe abgeben müssen und dafür die Sträflingskleidung bekommen habe. Unglaublich. Einfach wieder angezogen. Fühlst dich gleich wie ein anderer Mensch. Dann bin ich zur Kasse gegangen, habe Entlassungsgeld gekriegt. Dann zum Tor. Die haben das Tor aufgemacht, und einer hat gesagt: ‚Hoffentlich sehen wir uns *nicht* wieder.' Und dann bin ich durch die Straße zur Straßenbahn gegangen.

Ich habe geglaubt, jeder schaut mich an. Ich bin durch die Straße gegangen und habe gedacht, ich habe auf der Stirn ‚Stein' stehen. Erst nach sechs Monaten habe ich mich auf den Weg gemacht; so lange habe ich gebraucht, um zu kapieren, daß ich jetzt draußen war. Aber die ersten Wochen waren schlimm, weil ich so verunsichert war. Wenn ich in ein Lokal reingegangen bin, habe ich gedacht, die schauen mich alle an – aber mich hat überhaupt keiner angeschaut. Ich habe unnötige Streitereien angefangen. Und wenn du im Knast warst, bist du für alle abgestempelt, die davon wissen. Da möchte niemand mehr mit dir etwas zu tun haben. Verstehst du?

Ich habe zwei Möglichkeiten gehabt: Ich mache kriminell weiter. Das wäre ja überhaupt kein Problem für mich gewesen zur damaligen Zeit. Ich kaufe mir mit dem Entlassungsgeld eine Kanone, und dann geht's wieder los. Oder aber ich gehe auf die Straße und ziehe von Stadt zu Stadt.

Ich bin sofort weg von Österreich, einfach fort. Ich bin erst einmal quer durch Europa gegangen. So bin ich Tramp geworden. Das hat mir schon getaugt, mehr als alles andere. Dann habe ich mir gedacht: Na gut, okay, was mache ich jetzt? Europa kenn ich jetzt. Von Nord nach Süd, von Ost nach West bin ich jetzt durchgezogen. Außer in die Ostblockstaaten, die waren ja zu. Also, was mache ich jetzt?

Und dann hat es sich ergeben: Ich war in Hamburg. Im Hafen ist die *Admiral* gelegen. Ein schöner Dampfer. Und die haben einen Koch gesucht. Damals, zur damaligen Zeit, war das noch möglich, daß du auch nur für eine Fahrt anheuern konntest. Nun, und da bin ich zum Käpt'n gegangen, und der hat auf mich geschaut.

‚Und wo fährt die *Admiral* hin?', habe ich gefragt.

‚Ja also', sagt der, ‚der nächste größere Hafen, den wir anlaufen, ist New York.'

‚Kann ich da... Ich habe kein Geld für die Überfahrt... Ich würde gerne anheuern. In New York gehe ich aber von Bord.'

‚Einen Koch brauche ich. Wir laufen vorher noch andere Häfen an. Fracht aufnehmen und Fracht löschen, das dauert ein bißchen. Aber du kannst den Job haben, und du kriegst in New York dein Geld.'

Na, und da habe ich als Koch angeheuert. Ich mußte nur noch zum Seefahrtsamt gehen und mir ein Seemannsbuch zulegen. In New York bin ich von Bord gegangen und habe tausend Dollar in bar gekriegt. Aber bis wir New York erreicht haben, hatten wir mehrere Häfen angelaufen und immer so zwei, drei Tage darin gelegen. Zehn Wochen ungefähr waren wir unterwegs.

Und dann habe ich im Hafen gestanden. Englisch habe ich keines können; das war ganz lustig. Aber es gibt da auch viele, die Deutsch sprechen. Ich bin in ein italienisches Lokal herein, das war das erste, was ich erwischt habe. Dort habe ich mich erkundigt. Und ich habe beschlossen: Wenn ich schon in den Staaten bin, dann will ich sie ganz sehen. Nach der Pizzeria bin ich auf die nächste Polizeistation gegangen und habe erklärt:

‚Ich möchte quer durch die Vereinigten Staaten reisen.'

‚Gut – aber Sie müssen schauen, daß Sie immer zweihundert Dollar in der Tasche haben. Wenn Sie kontrolliert werden, dann müssen Sie nachweisen können, daß Sie niemandem auf der Tasche liegen. Dann haben Sie keine Probleme.'

Damals war Amerika noch nicht so prüde wie jetzt.

Und dann bin ich los. Gefahren im Greyhound-Bus und geschlafen im Schlafsack. Von New York nach New Jersey. Dann habe ich einen Truck erwischt, der mich mitgenommen hat, bis San Antonio, Texas. Das war eine geile Fahrt. Da habe ich was gesehen, Junge! Bis wir in San Antonio waren. Ich glaube, der hat sogar Deutsch gesprochen. Das war ein steiler Typ. Hat geschissen neben seinem Truck.

War da eine Kneipe, so eine Country-Bar voller Trucker. Hat er gesagt: ‚Komm, gehen wir rein.' Sind wir rein. Country-Abend. Da sind wir aufgenommen worden wie die Könige. Er sagt: ‚Das ist ein Tramp. Ich habe ihn mitgenommen. Der hat heute Geburtstag.' Das war wahr – mein 34. Geburtstag.

Das kannst du dir nicht vorstellen, was wir da erlebt haben! Ich habe keinen einzigen Cent gebraucht, in der Kneipe da. So eine Herzlichkeit, jeder lud mich ein. Der eine trinkt mit mir einen Whiskey, der andere ein Bier. Ich war noch nie so besoffen. Die haben so richtig die Sau rausgelassen. Keilerei gab's auch, das ist normal. Da kommt aber nicht die Polizei. Da wird sich gehauen bis zum Gehtnichtmehr, und dann trinkt man einen, säuft wieder miteinander. Und ich bin überall dabeigewesen.

Von San Antonio bin ich nachher weitergetrampt, Richtung Colorado. Ich bin kreuz und quer getrampt – nicht geradeaus. In Colorado bin ich zum Grand Canyon und habe da campiert. Das einzig Gefährliche waren die Schlangen. Davor hatte ich Angst; sonst vor nichts.

Dann hat mich mal die Polizei mitgenommen:
‚Wo willst denn du hin?'
‚Immer weiter.'
‚Die nächste Stadt ist Nevada. Ich nehme dich mit.'

Da kontrolliert mich einmal eine Frau, so ein Sheriff, ziemlich scharf, mit Kanone über der Hüfte angeschnallt. Sagt sie: ‚Du sprichst Deutsch?'

‚Sicher, ich bin aus Österreich.'

‚Ich bin auch aus Österreich!'

Ist die in Österreich verheiratet seit zwanzig Jahren und da drüben County Sheriff. Das geht da drüben! Das Land der unbegrenzten Möglichkeiten!

Sagt sie: ‚Hast du die zweihundert Dollar dabei?'

‚Ja hier – schau.'

‚Steig ein, ich bringe dich zur nächsten Ortschaft. Da gehen wir was trinken, und dann schauen wir weiter.'

Nimmt die mich mit da in ihr Kaff. Ich schlafe bei ihr; eine Hammerfrau, hey.

Am nächsten Morgen stehe ich wieder auf der Straße. Und da habe ich wieder wen kennengelernt. Und immer so weiter. Ich habe fast vier Monate gebraucht, bis ich in Los Angeles war. Wie ich in Kalifornien gewesen bin, habe ich eine Pause gemacht in San Diego. Da habe ich mir alles angeschaut. In Montana habe ich auch Pause gemacht; eine wunderschöne Stadt.

Und dann bin ich durchgefahren zurück nach New York mit einem Greyhound. Da habe ich dann wieder auf einem Frachter angeheuert. Das ist ganz leicht gegangen, weil ich ja schon mein Seemannsbuch gehabt habe. Überfahrt nach Australien. In Sydney bin ich an Land gegangen. Und da bin ich wieder getrampt. Genau wie in Amerika: kreuz und quer. Ja, und dann wieder zurück, wieder angeheuert und zurück nach Europa. Da bin ich nach Italien. Habe in Genua angeheuert. Und dann nach Afrika, nach Südafrika, wieder getrampt, dann wieder aufs Schiff und nach Südamerika. Dann bin ich nach Argentinien; sechshundert Kilometer getrampt bis zur Playa Blanca. Das war die letzte große Fahrt, die ich gemacht habe. Danach bin ich nicht mehr zur See gefahren. Dann war ich nur noch Tramp hier in Europa.

Mein Leben ist die Straße, der Highway. Das ist Freiheit. Auf dem Schiff, da bist du auch eingeengt. Das ist fast wie im Knast, sogar schlimmer als im Knast, weil du auch nicht eine Sekunde für dich alleine hast auf so einem Schiff. Und du kannst nirgendwohin, es gibt ja nur das Schiff und die See, also Gefangenschaft oder Tod. Aber die Straße endet nie, und du gehst, wohin es dich zieht. Das ist Leben. Das ist Freiheit. A long trail. Das wird nur ein Tramp verstehen. Kein Banker wie du. Sorry, Frank.

Einmal noch werde ich eine große Fahrt machen, noch einmal nach Amerika. Noch einmal ganz quer durch. Das ist Freiheit.

Aber nach der Zeit in Argentinien, da habe ich mich nur mehr in Europa aufgehalten. Europa kenne ich in- und auswendig, verstehst du? Ich habe schon überlegt: Was ich gerne einmal wiedersehen würde, wäre Island. Oder Schottland. Es sind nur wenige Plätze, die ich gerne wiedersehen würde. Genauso, wie ich immer gern nach Hamburg zurückkomme."

V

Franz und ich saßen noch immer in dem Café. Einer, der nur noch für seine Arbeit in der Bank lebte, und einer, der gleich mehrere Leben geführt hatte: Metzger, Spieler, Bankräuber, Knacki, Seemann und schließlich Tramp – mein neuer Freund, der Sandler. Hart und rauh, dieses Dasein, aber intensiv. Das pralle Leben. Meine Welt dagegen kam mir geradezu armselig vor. Ich war begierig, noch mehr von der Freiheit zu hören und in Gedanken mitzureisen. Es war längst dunkel geworden, der Sommerabend in der Stadt war warm und angenehm. Ich hatte die Zeit vergessen.

Die Straße. Die See. Auch Segeln hatte zu meinen Liebhabereien gehört, bevor die Arbeit begonnen und mein Leben beendet hatte. Aber Segeln ist nicht zur See fahren, und ich hatte keine Ahnung, wie das wohl tatsächlich wäre: zur See fahren. Ich fragte Franz nach seinem Seemannsleben, und er begann wieder zu erzählen:

„Die Schiffe, auf denen ich angeheuert habe, das waren Frachtschiffe oder Öltankfrachter. Für mich als Schiffskoch hat der Tag um vier Uhr morgens angefangen. Die Bordwache hat mich geweckt. Da habe ich Frühstück machen müssen für die Besatzung. Ich war für alles zuständig, was mit Essen zu tun hatte, auch fürs Einkaufen. Das mußte geplant werden. Damals hat es ja noch keine Computer gegeben, Gott sei Dank. Naja, und so ein Matrose, der ist ein bißchen rauher als ein normaler Mensch. Damals sind noch überwiegend Deutsche zur See gefahren. Heute auf den Schiffen fahren ja fast nur mehr Philippinos. Das kommt billiger als ein deutscher Seemann. Aber es hat die Seefahrt verändert. Und es hat die Gesellschaft verändert, daß wir nicht mehr zur See fahren. Oder kennst du ein philippinisches Seemannslied?

Die See … – das kannst du nicht beschreiben. Es gibt Dinge, die kannst du nicht beschreiben. Wenn du wirklich hierüber ein Buch schreiben willst, dann schreib einfach, daß die See unbeschreiblich ist. Kein Dichter kann sie beschreiben, und schon gar nicht ein Banker. Wer sie kennt, der liebt sie nicht, und wer sie liebt, der kennt sie nicht. Ich glaube nicht an Gott, aber in den Bergen und auf See, da war ich mir nicht immer so sicher."

Franz schwieg eine Weile. Dann fragte ich ihn nach besonderen Begegnungen auf seinem Weg als Tramp.

„Ich habe viele Prominente kennengelernt. Das ist keine Lüge. Zum Beispiel damals in Montana, da habe ich die Dolly Parton getroffen. Kennst du die? Eine ganz bekannte Country-Sängerin. Habe ich mit der gesoffen in einer Country-Kneipe, ohne zu wissen, daß das die Dolly Parton ist. Wir waren in dieser Bar in einem kleinen Kaff in Montana, irgendwas mit Springs. Da hörst du nur Country-Musik und Rock 'n' Roll, was anderes gibt es da nicht. Eine kleine, gemütliche Bar. Da kommst du rein – und bist akzeptiert. Von der ersten Sekunde an. Nicht so wie in Deutschland, daß da einer sagt, du bist obdachlos, kriegst hier nichts. Schleich dich, Sandler, der Hitler hätt' dich vergast. Was glaubst du, wie oft ich so etwas höre, gerade auch in Wien. Die könntest du alle wegen Wiederbetätigung verhaften."

Donnerwetter – hatte der sich doch gemerkt, was ich heute früh gesagt hatte? Die Erinnerung daran war mir peinlich. Ich ließ mir aber nichts anmerken und tat so, als ginge es mich nicht an. Auch er ging nicht darauf ein; fuhr fort, als hätte er nichts von Belang gesagt:

„Nein, da drüben bin ich Gast wie jeder andere. Da kriegst du aber keinen Anzugträger rein, auf Deutsch gesagt. Nichts gegen dich, aber so als Anzugträger kämst du da nicht gut an. Da sind alle drin mit Jeans, Cowboystiefel, Cowboyhut, verstehst du? Da geht die Sau raus bis früh um vier. Der schiebt dir dein Bier zu oder deinen Wein, oder was du bestellst, und kassiert nicht einmal. Wenn dann Geld da ist, bezahlst du, und keiner bescheißt ihn. Nur, diese Bars, die haben alle einen Bodyguard. Vor der Tür steht ein Türsteher. Falls irgendwelche Randalierer kommen oder so. Aber andere Türsteher als hier, denn die dort, die haben etwas drauf, meistens Ex-Marines oder Ranger, die beim Militär waren. Mit denen brauchst du dich nicht anzulegen, macht auch keiner. In Amerika haben die Leute ja teilweise drei, vier Jobs, und so ein ehemaliger Soldat, der macht das dann abends vielleicht. Um zu überleben.

In Deutschland, da frag mal einen, ob er drei, vier Jobs annehmen würde. Sagt er, leck mich am Arsch, ich hol mir Hartz IV. Nur in Amerika gibt es kein Hartz IV und auch keine Sozialhilfe. Das finde ich ganz in Ordnung, auch wenn ich hier natürlich nehme, was ich kriege.

So, und da habe ich die Dolly Parton kennengelernt. Ich hab nur gesehen, daß die einen Busen hat wie im Porno, wie diese andere Dolly, die Dolly Buster. Die Musik von ihr habe ich gekannt, aber ich habe sie persönlich nie gesehen, und so habe ich halt nicht gewußt, daß das nun die Dolly Parton ist. Und so haben wir gesoffen. Du, die hat Whiskey gesoffen wie eine Eins. Die hätte mich – und das heißt was – unter den Tisch gesoffen. Die spricht sogar Deutsch, und ich frage sie, wer sie ist.

‚Ich heiße Franz, wie heißt denn du?' Da haben wir uns schon die längste Zeit unterhalten gehabt.

‚Kennst du mich denn nicht? '

‚Nein.'

‚Kennst du das Lied ‚Jolene'?'

‚Ja, das ist von der Dolly Parton.'

‚Und was glaubst du, wer ich bin?'

‚Weiß ich nicht. Bist du Jolene?'

‚Ich bin die Dolly Parton.'

‚Verarsch' deine Großmutter.'

‚Nein. Frag hier, wen du willst: Ich bin es wirklich.'

Eine schöne Frau, sage ich dir. Blond, langes, wuscheliges Haar. Eine Oberweite wie eine Kanone. Sonst schlank. Schau dir die Dolly Buster an, dann siehst du die Dolly Parton vor dir. Blaue Augen hat sie gehabt, die sehe ich noch heute vor mir. Und so aufgeblähte Lippen, wie sie Frauen haben, die sich die Lippen haben aufspritzen lassen. Und sie hatte eine Stimme wie Gott. Unbeschreiblich.

Jimi Hendrix habe ich noch getroffen. Jim Morrison und die Doors habe ich kennengelernt, ob du's glaubst oder nicht. Die sind alle schon über dreißig Jahre tot. Ich habe Elvis noch lebend gesehen, aber nicht mit ihm gesprochen, das wäre gelogen. Das sind wieder schöne Erinnerungen, wenn man alt ist. Ike und Tina Turner, die habe ich live zusammen auf der Bühne gesehen. Der Ike hat auch schon den Löffel abgegeben. Und die Tina, die hat's ihm so richtig gezeigt, dem Halunken.

Natürlich gab es auch negative Erlebnisse, aber ich sage immer: Aus den negativen Erlebnissen muß ich mir das Positive heraussuchen. Dann kann nichts passieren.

Mit dem Freddy Quinn im Anker auf der Reeperbahn in der Davidstraße habe ich Bier gesoffen.

Das waren so andere Zeiten. Ich habe noch Trümmerfrauen gesehen, die haben Ziegel geklopft den ganzen Tag. Zu uns auf den Bauernhof sind die Leute aus der Stadt gekommen und haben um Kartoffeln gebettelt. Fleisch haben wir selber keines mehr gehabt. Mein Vater ist aus der Stadt gewesen, aber der war ja damals noch im Krieg. Ich habe ihn erst kennengelernt, als ich zehn Jahre alt war.

Der ist in Rußland gewesen, Heeresgruppe Mitte. Der Vater war noch einmal auf Urlaub daheim gewesen, im Frühjahr zweiundvierzig. Da hat er mich gezeugt. Und dann ist er erst wiedergekommen, als ich zehn Jahre alt war. Nicht einmal jeder Dritte hat das überlebt. Einer, der das nicht miterlebt hat, kann sich das nicht vorstellen. Wenn sie nachts ihre Gefallenen geholt haben, im Liegen haben sie die auf Kinderschlitten gezogen und sind damit fortgerobbt, dann haben die tiefgefrorenen Leichen gestöhnt. Da ist die Luft aus den Lungen entwichen, verstehst du? Deswegen haben die Gefallenen gestöhnt, obwohl sie tot waren. Davon hat er immer geträumt und gebrüllt dann. Dieser Scheißkrieg sitzt uns noch sieben Generationen lang im Mark, das sage ich dir."

Wir waren die letzten Gäste. Ich hatte nicht bemerkt, wie nach und nach alle anderen aufgebrochen waren und der Verkehr erstorben war. Die Straße war leer. Taufeucht, fast neblig war es, und ein Luftzug ging. Mich fröstelte. Auch für mich war es höchste Zeit zu gehen. Aber ich wollte immer noch mehr von Franz hören.

„Wie war das, als du von zu Hause weggelaufen bist? Wie bist du dann kriminell geworden?"

„Was das für eine Freude war, als ich von zu Hause ausgebrochen bin. Bei Hall in Tirol habe ich die Lehre als Metzger gemacht. Und dann ist das mit dem Milieu losgegangen, nach Wien rein. Da ist niemand dran schuld, daß ich kriminell geworden bin. Das ging damals los, weil ich das so wollte. Ich *wollte* spielen. Ich *wollte* groß herauskommen, was glaubst du. Jede Nacht zwei, drei Hammerfrauen im Bett. Da habe ich bis Sonnenaufgang mehr erlebt als du in deinem ganzen Leben. Naja, Geld mußte also her. Also *wollte* ich die Banken überfallen. Und dann *wollte* ich wieder spielen. Die Banken habe ich nur gemacht, wenn es mit dem Spielen nicht so funktioniert hat.

Es war herrlich. Ich habe gut gelebt davon. Es ist gutgegangen bis zu einem gewissen Zeitpunkt. Ich habe nie unnötig Gewalt angewendet. Du weißt ja: ‚Der Räuber mit der sanften Hand'. Ich habe zwar eine scharfe Waffe gehabt, aber ich habe nie Gewalt angewendet, wenn ich es vermeiden konnte. Ich habe in so einer Bank nie geschossen oder jemandem auf den Schädel gehauen. Ich habe bloß klipp und klar gesagt, was ich will. Und bei denen hieß es: Gebt lieber das Geld heraus als das Leben. Ich habe die Kohle genommen und bin gegangen.

Das war auch Teil meines Glücks, daß ich nicht lebenslang bekommen habe. Sonst würde ich immer noch im Knast sitzen in Österreich. Oder ich wäre schon tot. Bin immer höflich gewesen und nett, bei so einem Überfall. Bis auf daß ich halt neun Millimeter in den Raum gehalten habe. Die waren besser als jede Kreditkarte, gab's immer Geld damit. Beim ersten Mal habe ich 550.000 Schilling herausbekommen, also knapp 80.000 Mark. Bei der zweiten Bank habe ich rausgeholt 250.000 Schilling. Bei der dritten Bank, das war eine Volksbank, da habe ich anderthalb Millionen rausgeholt. Das war ein großer Batzen. Aber wie schnell war's wieder weg: Schulden begleichen, Spielen, Urlaub, Autos, Frauen. Und Saufen, vor allem Saufen und Feiern. Habe immer alle eingeladen. Na, und den Rest habe ich verpraßt!"

Franz lachte über seinen eigenen Witz. Ich schaute auf die Uhr. Hatte der recht gehabt und ich unrecht, mit meinem Einserabitur, meinem Auslandsstudium, meinem sechsstelligen Gehalt plus Bonus? Ich war müde, aber noch immer wollte ich irgend etwas Grundsätzliches von ihm hören, ich wußte bloß nicht, was. Die Zeit war verronnen, und mir war klar, daß ich zum ersten und womöglich auch zum letzten Mal Gelegenheit gehabt hatte, mit Franz zu reden. Was ist Freiheit? Ich wollte es ganz genau hören, wie er damals endgültig vom Seemann zum Tramp geworden und warum er nicht weiter zur See gefahren war.

„Also, wir sind mit der *Esso Deutschland* in Genua eingelaufen. Die heutigen Containerschiffe, die haben ja nur einen Tiefgang von vier, fünf Metern – die können überall herein. Aber die alten Tanker, die hatten zum Teil über zwanzig Meter Tiefgang. Die konnten nur in bestimmte Häfen rein: Bremerhaven, Rotterdam. So auch die *Esso Deutschland*. Hamburg wäre nicht gegangen, das ist da nautisch nicht machbar. Nimm einmal die *Enterprise*, ein amerikanisches Kriegsschiff, eines der größten Schiffe, die je gebaut wurden. Atomar getrieben. Wenn die in Hamburg eingelaufen wäre, da hätte sie den Hafen überschwemmt. Tiefgang fast vierzig Fuß. Rotterdam ist der größte Hafen. Dann kommt Schanghai. Und Genua kann halt auch jeder rein.

In Genua bin ich also von Bord gegangen. Da hatte ich die Schnauze voll. Habe mir geschworen: Nie wieder! So ein Schiff ist wirklich schlimmer als der Knast. Ich wollte lieber elendig zugrundegehen, aber als Tramp, als noch einmal auf so ein Schiff. Dann bin ich nach Mailand getrampt. Dann weiter nach Breschia und Bergamo. Dann runter an die Küste nach Rimini. Irgendwann bin ich nach Rom gekommen. Weiter nach Neapel. Übergesetzt nach Sizilien. Und halt immer so weiter, es war das Natürlichste der Welt. Die Freiheit – das spürst du, und wenn du unfrei bist, dann spürst du es auch. Laß einfach das bleiben, was dich unfrei macht. Die Gefühle sind da ganz eindeutig.

Schau einmal, Nomaden, Tramps, fahrendes Volk – immer schon gab es Leute wie mich, alleine und in Gruppen. Aber die Politiker sind zu blöd, um uns den Raum zu lassen. Die moderne Gesellschaft macht uns kaputt. Erst uns und dann euch. Vielleicht braucht ihr nicht so viel Freiheit wie wir, aber das bißchen werden sie euch auch noch nehmen. Von uns Tramps ist schon kaum einer mehr übrig, jetzt gibt es nur mehr Obdachlose, Penner. Die meisten Obdachlosen bleiben in derselben Stadt. Das sind keine Tramps mehr, die wollen gar nicht umherziehen. Oft sind die nur arbeitsscheu. In den dreißig Jahren bin ich dagegen garantiert einige tausend Kilometer zu Fuß marschiert, über alle Straßen.

Also damals, Italien. Nach Rom bin ich per Autostop und die letzten 120 Kilometer zu Fuß gelangt. Dort habe ich auf der Platte geschlafen. Sogar einmal auf dem Petersplatz. Da war ich einer der wenigen, die das geschafft haben. Zwischen den Kolonnaden. Der Wachführer von der Schweizer Garde war nett und hat ein Auge zugedrückt. Auf Italienisch hat er mich gefragt, ob ich da eine Tour mache. Sag ich, naja, ich bin ein Tramp. Ich habe auf Deutsch geredet und er auf Italienisch. Ich sage, ich bin ein Tramp, kein Penner, und möchte da schlafen. Okay, hat er gesagt, wenn du keine Probleme machst. Von Rom bin ich dann weiter, wieder zurück bis nach Österreich. Über Wien nach Tirol, in meine Heimat. Aber zu unserem Hof bin ich nie wieder zurück.

Da ist mir was passiert; ich glaube, das war noch in Südtirol. Ich, sturzbetrunken, leg mich hinter einen Busch zum Schlafen. Als ich am nächsten Morgen die Augen aufmache, bin ich da neben einer Toten wachgeworden. Da lag eine tote Frau. Lange, schwarze Haare. Schmales Gesicht, schön geschwungene Lippen. Ein hübsches Ding. Aber halt tot. Ich kriege einen Mordsschreck. Wußte gar nicht, was ich machen sollte, und bin zur Polizei. Da habe ich aber gar keine Probleme gehabt. Die ist schon zwei Tage tot gewesen, das haben sie festgestellt. Die ist umgebracht worden, aber halt nicht von mir. Keiner hatte sie gefunden. Und ich hatte mich bloß im Rausch danebengelegt, ohne zu merken, daß da eine Leiche lag."

Franz schwieg wieder. Der Kellner betrachtete uns mit wachsender Ungeduld. Aber ich war hartnäckig, hing dem Gedanken nach, daß die moderne Gesellschaft uns alle unfrei macht und fragte ihn zum Schluß: „Was meinst du, Franz, wie es mit unserer Gesellschaft weitergehen wird?"

„Nun, Ihr Reichen werden immer reicher und wir Armen immer ärmer. In zehn, zwanzig Jahren gibt es nur mehr Arm und Reich. Und warum? Schuld sind die Politiker. Und die Korruption. Jeder Mensch, der Macht hat, fällt da hinein. Gib einem Menschen Macht, und er wird schlecht. Nach oben kommen die Schweine, die Guten bleiben unten. Und Frauen, die nach oben wollen, sind die schlimmsten."

Ich mußte an die unbekannte Kollegin von heute früh im Aufzug denken. Dieser harte Zug um den Mund. Ich bot Franz an, noch eine Mitternachtssuppe zu bestellen.

„Nein, danke. Wenn ich diese Preise sehe, da vergeht mir der Appetit. Auch wenn du es bezahlst. Vier Euro zwanzig für eine Suppe – ja, wo sind wir denn? Wer soll das denn noch bezahlen von den normalen Leuten? Ihr spinnt doch alle! Wart nur ab, bald wird es krachen. Da kriegt ihr so einen richtigen Crash, mit Inflation und allem drum und dran. Das ist doch nicht von Bestand, was ihr da treibt.

Naja, ich gehe jetzt in meinen Brunnen auf dem Goetheplatz, da kann ich herrlich schlafen. Normalerweise könnte ich auch ausschlafen, aber früh kommen die Arbeiter. Bis dahin ist es wunderbar, ich lege mich in den Brunnen, kein Mensch sieht mich. Es wäre einmal toll, vier Stunden durchzuschlafen. Ich glaube, ich kann das gar nicht mehr. Immer hier mal eine halbe Stunde, da mal eine Viertelstunde. Und die Leute denken, wir Penner würden immerzu schlafen. Ich würde so gerne einmal in meinem Schlafsack liegen und durchschlafen, ohne gestört zu werden. Das geht in der Stadt nicht; außerdem muß ich ja Geld verdienen. Ich muß schauen, daß ich meine Flaschen sammle, da kann ich mir viel Schlaf nicht leisten. Zeit ist Geld, wie bei euch. Für meinen Kaffee in der Früh', da muß ich schon eine Stunde arbeiten. Aber den brauche ich. Sonst bin ich in der Früh' nicht zu gebrauchen."

Noch einmal dachte ich an die Szene vom Morgen, als ich ihn grundlos beschimpft hatte. Da hätte ich nie gedacht, daß Franz schon ein paar Stunden gearbeitet hatte, während ich frisch und ausgeruht aus der Bahn kam. Aber was wußte ich da überhaupt schon von ihm? Wir verabschiedeten uns. Ich wüßte ja, wo ich ihn finden könne, meinte er zum Abschied. Aber ich zweifelte daran, ihn je wiederzusehen.

VI

Ein paar Tage vergingen. Ich erledigte weiter meinen Job, aber in Gedanken war ich oft bei Franz in der Anlage. Wenn ich durch den kleinen Grünstreifen ging, hielt ich nach ihm Ausschau. Doch ich sah ihn nicht. So hatte ich es fast erwartet.

Eines Abends aber, als ich ermattet und unbefriedigt aus meiner Bank trat, saß er wieder auf seiner Bank, ganz wie bei unserer ersten Begegnung. Diesmal aber war er kein namenloser Fremder mehr für mich. Ich trat an ihn heran und grüßte. Es dauerte zwei oder drei Sekunden, bevor er mich erkannte. Ich war enttäuscht. Hatte er denn gar nicht an mich gedacht? Dann aber huschte ein Lächeln über sein müdes, graues Gesicht. Er bot mir den Platz neben sich an. Ich zögerte. Dann setzte ich mich. Direkt vor uns strömten die anderen Anzugträger vorbei auf ihrem Weg nach Hause. Ich versuchte, sie mit seinen Augen zu sehen. Eiligen Schrittes wollten sie die Anlage hinter sich bringen. Doch wenn sie uns sahen, den Banker und den Penner, dann stockten sie. Das paßte doch nicht. Was sitzt der da mit einem Penner? Hat wohl einen schlechten Tag gehabt.

Sogar mein Chef lief an uns vorbei. Wir waren noch zu einem geschäftlichen Essen verabredet und wollten uns in einem Restaurant an der Alten Oper treffen. Mich überflog ein Gefühl von Peinlichkeit. Meinem Chef schien es ähnlich zu ergehen, denn blitzartig senkte er den Blick und gab vor, mich nicht bemerkt zu haben. Als er verschwand, verflog auch das peinliche Gefühl. Ich hatte keine Scheu mehr – jetzt konnte kommen, wer wollte. Mir war alles egal. Die hatten gar keine Ahnung, wie engstirnig sie waren.

Eine Touristengruppe aus Japan photographierte uns. Wir scherzten und grüßten die Leute, Franz prostete ihnen zu. Er bot mir von seinem Rotwein an, aber ich lehnte dankend ab und besorgte uns an einem Straßenkiosk zwei Dosen Bier, brachte ihm auch ein Päckchen Tabak mit. Dann setzte ich mich wieder neben ihn.

„Weißt du, was mir bei dir gefällt, Frank? Weißt du, warum ich dich mag? Weil du keine Berührungsängste hast. Weil du dich mit mir hinsetzt. Schau dich doch einmal um – von denen würde mich keiner auch nur ansehen. Und du setzt dich daher und trinkst ein Bier mit mir. Das gefällt mir, Frank. Weil ich so etwas brauche, auch ich brauche das. Ich weiß schon, daß ich in einem anderen Leben lebe als du."

„Naja, ich bin christlich erzogen worden, auch wenn ich jetzt in einer Investmentbank arbeite. Selbst wenn ich nicht mehr in die Kirche gehe, habe ich zumindest einmal gelernt, nicht auf andere Menschen herabzuschauen. Das vergeht einem zwar schon irgendwie. Aber vielleicht ist ein Rest von der Religion doch noch da. Und außerdem war ich schon immer neugierig. Es ist einfach spannend, dir zuzuhören. Ich weiß nicht, ob es das erklärt."

„Oh, die Religion. Das sehe ich anders. Ich glaube auch an etwas, aber nicht an das. Hätte es den Typen, den man ans Kreuz genagelt hat, nicht gegeben, dann hätte es die katholische Kirche nicht gegeben, einen der größten Massenmörder der Menschheit."

„Dafür kann aber der Typ nichts, den man ans Kreuz genagelt hat."

„Aber es ist in seinem Namen geschehen. Und wenn er Gott ist, dann hätte er es verhindern müssen. Mit dem Blitz hineinschlagen hätte er müssen."

„Gott gibt dem Menschen Freiheit – sogar die Freiheit, den Namen Gottes zu mißbrauchen. Doch das wird gesühnt werden, da bin ich mir sicher."

„Was da alles gesühnt werden muß ... Wer hat mehr Menschen getötet, der Amerikaner oder der Hitler? Und dabei gibt es gar keinen echten Amerikaner. Nicht einmal Bush ist ein echter Amerikaner. Der einzige echte Amerikaner ist der

Indianer, und der ist hin, achtzehn Millionen davon. Und uns halten sie die Juden vor. Und was hat der Engländer gemacht, da in Indien? Was hat der Franzose in Afrika gemacht? Was haben die Russen in Afghanistan gemacht?"

Franz hatte voller Erregung gesprochen. Nun schwiegen wir eine Weile, dann fuhr er fort:

„Ich werde dir jetzt einmal ein Beispiel erzählen. Ich war damals in Haft, 1968, vor beinahe vierzig Jahren. Da ist die russische Armee nach Prag gestartet. Und Österreich war ja nahe dran. Um sechs Uhr früh ist die Meldung durchgekommen. Daß sie mit den Panzern losschlagen. Und um neun Uhr früh ist der österreichische Himmel blau und rot voller Farben gewesen. Da sind amerikanische und britische Fallschirmjäger abgesprungen. Und haben die Grenzen Österreichs gesichert. Das werden sie euch nicht erzählt haben in der Schule, aber es war so. Da konnte die österreichische Armee machen, was sie wollte – die waren ja neutral. Und das war ein einprägsames Ding. Wir haben an den Gitterfenstern gestanden in unseren Zellen und geschaut, wie die abspringen. Da hätte es damals in der Tschechei Krieg gegeben, daß die Russen nicht durchkommen. Österreich ist der Mittelpunkt in Europa. Wer Österreich hat, gewinnt den Krieg, denn er kann sich nach allen Seiten verbreiten. Aber Österreich kann eine Weltmacht eine Woche lang aufhalten, mit der kleinen Armee. In den Bergen kann man schlecht bombardieren, und mit den Panzern kommt man schon gar nicht durch. In Österreich gibt es einen Verteidigungsplan, das habe ich beim Militär gelernt. Tirol, Salzburg und Vorarlberg werden gehalten. Das ist alles im Berg, und in Tunneln und Bunkern, da kann man die Bevölkerung unterbringen. Umrahmt von über *dreitausend* Meter hohen Bergen."

Franz legte eine singende Betonung auf die Dreitausend. Ich mußte an diese Berge denken, denen ich mich einmal so verbunden gefühlt hatte. Sein militaristisches Geschwätz aber störte mich, ich wußte nicht, worauf er hinauswollte. Ungerührt setzte er seinen Monolog fort:

„Da kommt keiner so schnell herein. Eine Woche halten die aus. Ja, und dazu kamen halt die Amis. Der Himmel war blau, da hast du nur mehr die Flugzeuge gesehen, da hatte die österreichische Armee nichts mehr zu melden. Die haben sofort unsere Grenzen besetzt.

Im Jugoslawienkrieg, in den neunziger Jahren, da hat Österreich seine Grenzen selber geschützt. Als die Serben mit ihren MiGs über Österreich geflogen sind, um Slowenien zu bombardieren, da ist unser Bundesheer an die Grenzen gegangen, in Kärnten. Und wir haben gesagt, so, noch eine MiG, dann schießen wir sie ab. Und dann war Schluß, dann haben sich die Serben bei uns herausgehalten, das haben wir alleine geschafft. Damals war ich in Österreich, das kam überall im Fernsehen, nur mehr das. Unsere Soldaten haben an der Grenze gelegen, und ein paar hundert Meter vor ihnen waren die Gefechte im jugoslawischen Bürgerkrieg. Da haben das Jagdkommando und die Cobra gelegen, mit Schießbefehl, falls da Serben auf flüchtende Slowenen geschossen hätten.

Es ist ja in Österreich so: Wenn irgend etwas Gröberes passiert, dann zieht sich die Polizei zurück. Nicht wie bei euch, daß sie sich wichtig tun und doch zu blöd sind dafür. Und dann gibt's nur die Cobra, die Vega, und wenn das nichts hilft, dann rückt das Jagdkommando aus. Und wenn die ausrücken, dann gibt es Tote. Ist eine Geiselnahme oder was – die stürmen. Die verhandeln nicht mehr. Österreich, das kleine Land, hat eine der härtesten Truppen der Welt. Klein, aber fein. Da holen sich sogar die Amis noch Tipps.

Aber davor, wie gesagt, 1968, gegen die Russen, da kam sofort der Ami. Wie noch davor, in der Kubakrise. Das habe ich auch im Knast gehört, im Radio: Da haben sich die Schiffe gegenübergelegen, und der Kennedy hat gesagt, wenn sie diese Grenze überschreiten, dann gibt es Krieg. Wenn so etwas war, dann haben sie uns Radio gespielt im Knast. Zwei, drei Stunden lang. Das kam über Lautsprecher, und wir haben es in den Zellen gehört.

So, mein Lieber, da habe ich mit eigenen Augen gesehen, wie es läuft: Die Großen machen, was sie wollen. Und wer gewinnt, hat recht. Das mußt du dir merken. Und dann lies alle eure Geschichtsbücher noch einmal. Oder lies sie lieber nicht, es ist nicht einmal die halbe Wahrheit, was da drin steht, das sage ich dir. Wer gewinnt, hat recht, und wer verliert, ist der Dumme, ganz egal, wie es wirklich war.

Tja, Österreich, mit 50.000 Mann, davon 10.000 Mann Jägertruppe – da lachen die anderen doch. Das einzige, wovor sie Respekt haben, das ist das Einsatzkommando Cobra, diese Antiterroreinheit in Wien. Ich bin nie Patriot gewesen, aber das muß ich sagen: Die österreichische Cobra, die können ihren Job, das wissen sogar die Amis. Da ist eure GSG-9 ein Kindergarten dagegen. Das sind Spezialisten. Wenn die ausrücken, dann ist das Ding gelaufen, die reden nicht mehr lange."

„Franz, ich hätte gar nicht gedacht, daß du soviel fürs Militärische übrig hast."

„Ja, aber ich bin echt kein Patriot. Ich selber habe beim Militär nur Blödsinn gemacht. Nur Probleme gehabt. Und bin dann ja auch unehrenhaft entlassen worden. Mich hat das nicht interessiert, das Bundesheer. Strammstehen und so. Verstehst du, ich bin kein Mensch, der sich umdrehen läßt. Ich hab Befehle nicht befolgt, und den Zapfenstreich. Und eines Tages haben sie gesagt: ‚He, Sie, packen Sie Ihre Sachen zusammen, Sie sind entlassen.' Da haben sie gewußt, sie können mich nicht zerbrechen. Das ist nicht übertrieben, wenn ich das sage: Es hat noch nie jemand geschafft, mich zu zerbrechen. Ich bin immer geradeheraus.

Da oben, an der Hauptwache, da gibt es so einen, der spielt den Blinden. Und wenn er genug Geld beisammen hat, dann schiebt er seinen Stock zusammen und geht ganz normal. He, Frank, das ist das Leben der Straße. Der ist gar nicht blind. Da kämpft jeder mit seinen Tricks. Aber solche Tricks, die sind gemein, ich finde das nicht recht."

Diesmal hatte ich nicht viel Zeit. Ich erklärte Franz, daß ich noch eine geschäftliche Verabredung zum Abendessen hatte, weil uns ein Deal gelungen war, und daß ich nun schnell weiter mußte. Ich stellte mir vor, daß mein Chef wahrscheinlich schon bei Tisch saß und den anderen erzählte, wie er mich soeben gesehen hatte. Ich darf mich wirklich nicht mit dem hier gemein machen, das geht in die Hose. Auch noch an einem Tag wie heute. Warum bin ich eigentlich so unzufrieden? Bin doch auf einen Schlag ein paar zigtausend Euro reicher geworden. Aber ich fühle mich schlecht und würde lieber hier mit diesem Penner auf der Bank sitzen und Dosenbier trinken, als mit den anderen da drüben an der Alten Oper Champagner. Der Kitzel hatte nachgelassen. Trotz des Erfolges war ich unzufrieden mit einem solchen Tag. Die Kollegen waren nicht nur langweilig. Nein, sie stießen mich ab. Dabei war ich doch einer von ihnen. Ich war verwirrt.

Bevor ich Franz auf seiner Bank zurückließ, fragte ich ihn noch, wie er Freddy Quinn begegnet war, den er bei unserem vorigen Gespräch erwähnt hatte. Keine Ahnung, warum mir ausgerechnet Freddy Quinn zum Abschied in den Sinn kam. Man hat manchmal verrückte Einfälle: Freddy Quinn vor einem Deal-Essen, das paßte gar nicht. Wenn überhaupt, dann Freddy Quinn *nach* einem Deal-Essen, weil sich alle zugeschüttet haben und alte Schlager grölen wollen.

„Der Freddy Quinn interessiert dich? Na, du hast ja Geschmack. Weißt du überhaupt, wer das war? Der hieß eigentlich Manfred Nidl und kam auch aus Österreich, aber der Vater war ein Ire. Der Freddy Quinn war auch ein Tramp wie ich, als Kind schon beim Zirkus, auf dem Hochseil. Und zur See ist er auch gefahren. Für die Fremdenlegion hat er Musik gemacht. Und dann wurde er in Hamburg einer der erfolgreichsten deutschen Schlagersänger, zehnmal Nummer eins. Auch so ein Leben, wie du als Banker es dir nie erträumen könntest. Also, diesen Freddy Quinn habe ich in der *Ankerbar* getroffen, in Hamburg in der Hafenstraße. Ich stand dort an der Bar, und er hat sich danebengestellt.

‚He, Sie sind doch der Freddy Quinn. Und ich bin Tiroler.'

‚Na, dann trinken wir ein Bier zusammen. Ich geb' Ihnen eins aus.'

Ein fescher Mann, das kann man sagen. Viele sagen ja, daß er schwul war. Aber echt, der hätte jede haben können. Und damals hatte man in Deutschland noch Herz, das hörst Du heute noch aus seinen Liedern heraus. Da war noch nicht alles so modern und kommerziell wie heute. Und Fernweh hatten die Leute, Sehnsucht nach der weiten Welt und nicht immer nur nach mehr Geld. Na, so war das, und dann haben wir ein Lied vom Freddy gemeinsam umgedichtet, und das haben wir dann im *Anker* zu zweit gesungen. Das ist seither meine Hymne, und die singe ich dir jetzt noch vor, bevor du gehst."

Ich war schon aufgestanden und wollte los, aber Franz erhob sich auch, legte seine rechte Hand auf meine Schulter, blickte zu Boden und sang leise, so daß nur ich und keiner der eiligen Passanten es hören konnte:

„Vergangen, vergessen, vorüber,
Vergangen, vergessen, vorbei.
Die Zeit deckt den Mantel darüber
Vergangen, vergessen, vorbei.

Nicht ein Kreuz steht auf dem weiten Highway,
Wo so manch' Tramperschicksal zerschellt.
Nicht ein Wort und nirgendwo ein Name,
Das ist Tramperlos auf dieser Welt."

Als Franz das Lied zu Ende gesungen hatte, sagte er noch: „Dann hat der Freddy Quinn zum Abschied gemeint, wenn er mich wieder mal sieht, saufen wir weiter. So was kann dir in Hamburg passieren. In den Seemannskneipen, so wie dem *Anker*. Der gehört einem alten Seemann, der ist jahrelang zur See gefahren und hat dann den *Anker* aufgemacht. Der hat rund um die Uhr offen. Da kannst du was erleben, in so einer Kneipe. Das pralle Leben … Na, dann geh mal zu deinem Essen. Das wird wohl eine etwas andere Veranstaltung."

VII

Wieder vergingen einige Tage, bevor ich Franz erneut traf. In der Bank merkte ich, daß die Gespräche mit Franz mir nicht hilfreich waren, ein guter Investmentbanker zu bleiben. Eine Mischung aus Langeweile und Ungeduld bemächtigte sich meiner immer stärker im Umgang mit den Kollegen und bei jeder kleinen Tätigkeit. Ich verspürte Durst nach der Freiheit, von der Franz immer sprach. Ich fragte mich, ob dieser Tramp nicht dabei war, mein altes, erfolgreiches, zielstrebiges Leben durcheinanderzubringen? Das war mir nicht recht. Gleichzeitig fürchtete ich, Franz nie wieder sprechen zu können. Was, wenn er jetzt abgereist wäre, ohne ein letztes Gespräch? Wäre ich doch neulich bei ihm auf der Bank geblieben, statt zu diesem stumpfsinnigen Deal-Essen zu gehen. Wenn ich ihn noch einmal treffen würde, wollte ich unsere Gespräche wortgetreu niederschreiben. Gleich nach jedem Treffen wollte ich alles frisch aus der Erinnerung festhalten, so authentisch wie möglich. Als ich noch Reisen unternommen hatte, hatte ich auch immer Tagebuch geführt. Aber Franz blieb verschwunden, und ich hatte nichts zu schreiben.

Doch dann sah ich ihn eines Morgens wieder auf seiner Bank sitzen wie am ersten Tag. Ich begrüßte ihn freudig, und wir verabredeten uns noch für denselben Abend. Dieses Mal wollte ich Zeit mitbringen und eine Flasche Branntwein, das hatte er sich gewünscht. Wir trafen uns auf den Stufen des Schiller-Denkmals in der Anlage.

Dort saßen wir zu Füßen Friedrich Schillers und mit Blick auf einen Streifen Grün, abgewandt von den nach Hause oder in das Frankfurter Nachtleben strebenden Anzugträgern. Wir teilten uns einen billigen Fusel, den ich bei dem Straßenkiosk erstanden hatte, wo man mich inzwischen schon erkannte und mit vielwissender Miene grüßte.

Der Fusel war natürlich nur für Franz gedacht, aber nun bestand er darauf, daß ich den ersten Schluck nahm.

„O Gott, Franz, so ein Zeug kann ich doch nicht trinken. Das riecht man doch."

„Keine Angst, das riecht man nicht. Ist viel zu stark. Deutscher Weinbrand. Heißt zwar *Chantré*, als sei es ein Cognac. Kommt aber hier aus dem Rheingau. Das muß man sich mal vorstellen: Hat der Typ so eine Schnapsbrennerei und heiratet eine geborene Chantré. Nimmt ihren Namen an und verkauft seinen Fusel darunter. Dem alten Chantré war das ganz und gar nicht recht. Na, und die Deutschen sind so blöd, bloß weil es französisch klingt, reißen sie es ihm aus der Hand wie warme Semmeln. Was glaubst du, die Hälfte aller Schnapsleichen hier geht auf sein Konto und denkt sich noch Wunder was dabei, daß sie da einen Cognac trinken. Na auf, Prost!"

Ich schüttle den Kopf, hole tief Luft und nehme einen ordentlichen Schluck aus der Pulle. Es brennt. Ich muß husten. Lachend und mit Tränen in den Augen reiche ich ihm die Flasche.

„Prost, Franz!"

Nachdem auch er getrunken hat – routiniert, als sei es ein Glas Wasser – fordere ich ihn auf:

„Erzähl mir doch mal von einer besonderen Begebenheit, an die du dich gut erinnerst."

Franz genehmigt sich noch einmal vom *Chantré* und denkt kurz nach.

„Weißt du überhaupt, was heute für ein Tag ist? Da geht es schon los."

„Heute ist der 5. September 2006."

„Ich weiß sogar noch die Uhrzeit. Kurz nach fünfzehn Uhr war's. Vor auf den Tag genau sechsunddreißig Jahren. Da hat die Welt getrauert … Sogar Deutschland hat getrauert… Sag, wer ist der größte Formel-1-Fahrer dieser Zeit?"

„Dieser Schumacher, der seinem Land den Rücken gekehrt hat?“

„Und den keiner wirklich leiden kann. Richtig. Damals aber hat es einen gegeben, dem hat die ganze Sympathie der Leute gehört. Und ich habe selbst mit ihm noch eine Stunde vor seinem Tode geredet. Das war ein Samstag. Das Training zum Formel-1-Rennen in Monza. Der war Weltmeister. Ist der einzige, der es geschafft hat, als Toter noch Weltmeister zu werden. Der hat damals alle Rennen gewonnen in der Saison. Fünf von sechs Rennen hatte er schon gewonnen. Und damals in Monza ist er tödlich verunglückt beim Training, in der Parabolica-Kurve. Und die ganze Welt hat getrauert.

Der hat Jochen Rindt geheißen. Der Vater war Deutscher, die Mutter Österreicherin, also nach damaliger Einsicht beide Deutsche und beide im Jahre 1943 als solche vom Engländer in Hamburg verbrannt worden. Rindt als Vollwaise ist dann in Österreich aufgewachsen, als es auf einmal wieder nicht mehr Deutschland war, und zwar bei den Großeltern, und ist Rennfahrer geworden. Der ist zwar nur einmal Weltmeister geworden, aber er war ein unglaubliches Idol.

Sein bester Freund damals war der Jackie Stuart. Der hätte ihn noch einholen können. Und ein zweiter Fahrer, der hätte es auch noch geschafft, daß er nach seinem Tod den Titel holt. Aber der Jackie Stuart – erstens hat er auf das Rennen von Monza verzichtet. Hat gesagt, ich starte in Monza nicht, weil ich gar nicht Weltmeister werden will. Der hat sich das leisten können; war wirklich gut damals, der Jackie Stuart. Und bei den restlichen vier oder fünf Rennen hat er den Jackie Ickx, einen Schweizer, denjenigen, der auch noch die Möglichkeit gehabt hätte, jedesmal ausgebremst. Hat gesagt, der Jochen Rindt wird Weltmeister, fertig. Und so ist der nach seinem Tode noch Weltmeister geworden. Posthum Ritterkreuz mit Eichenlaub. Der Stuart hat verhindert, daß ihn irgendwer noch einholen kann. Der hat danach nimmermehr ein großes Rennen gewonnen.

Hat ihm aber niemand übelgenommen, ganz im Gegenteil.

Jochen Rindt, das war einer der beliebtesten Rennfahrer aller Zeiten. Die ganze Welt hat getrauert um ihn. Knorriger Hund, aber recht und geradeaus, nicht so wie der Schumacher. Der Rindt hat 1970 etwas aufgestellt, was lange keiner mehr geschafft hat. Von sechs Rennen fünf hintereinander zu gewinnen, das hat dann erst der Schumacher wieder geschafft. Das einzige, was der Rindt da nicht gewonnen hat, ist sein Heimat-Grand-Prix gewesen, der Österreich-Ring. Den hat er nicht gewonnen, da ist er Zweiter geworden. Aber sonst hat er alles gewonnen in der Saison.

So, und eine Stunde vor diesem Training, da hat er mit dem Heinz Prüller, so einem Fernsehmoderator, ein Interview gemacht. Und da hat er einen Satz gesagt, der um die Welt gegangen ist: ‚Jetzt drehe ich meine Trainingsrunden. Sollte ich aus dem Auto jemals wieder aussteigen, dann machen wir das Interview weiter.‘

Der hat das gespürt, daß irgendwas nicht stimmt. Die haben damals an seinem Auto die Radaufhängung ausgehöhlt, um sie leichter zu machen. Er wollte das nicht. Aber sein Boss hatte das angeordnet und fertig. Und der Rindt hat außerdem Angst vor Feuer gehabt und sich nie angeschnallt. Und bei dreihundert Stundenkilometern, da ist die Radaufhängung gebrochen. Der ist ungespitzt in die Leitschiene gefahren, in der Parabolica-Kurve. Mit 300 km/h. Das mußt du dir einmal geben. Hat aber noch gelebt, wie sie ihn aus dem Auto rausgeholt haben. Im Lazarettzelt ist er dann gestorben. Ein fürchterlicher Crash. Das hast du gleich im Fernsehen gesehen, denn das Training ist auch im Fernsehen übertragen worden, so wie heute. Damals, bei einem Unfall in der Formel-1, da hatten die fast keine Chance zu überleben. Die Unfälle von heute, da wären damals alle tot gewesen.

So, und den Jochen Rindt habe ich getroffen. Eine Stunde vor seinem Tod. Ich war damals in Monza. Als junger Bursche hat mich das Autorennen interessiert. Er war ja auch Österreicher und hat die Weltmeisterschaft haushoch angeführt. Von Tirol bis Monza ist es nicht weit."

„Moment, Franz, damals warst du doch im Knast?"

„Nein. Du mußt mich erzählen lassen. Laß mich erzählen. Ich erzähle die Wahrheit. Okay?"

„Okay."

„Freut mich für dich, daß du's mir glaubst. Ich bin, hast recht, so schaut's aus, als wenn ich im Knast gewesen wäre. Ich war zu dem Zeitpunkt tatsächlich offiziell noch im Knast. Nur ich war zu dem Zeitpunkt eben nicht im Knast, weil es in Österreich im Strafvollzug eine Regelung gibt, und die besagt, daß du bei guter Führung und zum Ende deiner Zeit hin immer mal drei oder vier Tage Ausgang hast. Damit du dich wieder an das Leben draußen gewöhnst. Und ich war damals auf Ausgang. Kannst du in meinen Gerichtsakten nachlesen. Ausgang hast du gekriegt in Österreich. Der Knast war scheiße, aber Ausgang hast du gekriegt. Es sei denn, akute Fluchtgefahr hätte bestanden, ansonsten mußte dich die Anstalt immer mal rauslassen. Oder ich hätte wegen Sexualdelikts gesessen, dann gibt es keinen Ausgang. Aber da ich wegen eines normalen Verbrechens gesessen habe, habe ich auch meinen Ausgang bekommen. Eigentlich hätte ich natürlich nicht ins Ausland nach Italien fahren dürfen. Aber ich war immer schon verrückt. Mich hat das interessiert, und da bin ich halt hin, über die grüne Grenze.

Und dann habe ich ihn eine Stunde vorher kennengelernt. Ich wollte bloß ein Autogramm haben. Dabei sind wir irgendwie ins Reden gekommen, bis das Interview mit dem Prüller anfing. Der Rindt hat mich irgendwas gefragt. Er war ein Steirer, ich bin ein Tiroler, so wird es gewesen sein. Der hat mich irgendwas gefragt, wo i herkimm, weißt? Am Dialekt hat er mich gekannt, ich habe ja Tirolerisch geredet, nicht so Hochdeutsch wie mit dir. Und so sind wir halt ins Reden gekommen. Nicht lange, fünf Minuten oder was, weil er ja dann das Interview hatte, für die *Motorsport*. Aber, hat er gesagt, wir sehen uns noch. Und dann haben wir uns nimmer gesehen. Drei oder vier Runden ist er gefahren, und ich hab dann nur mehr das Blaulicht gesehen.

Aber eines hat er erreicht, was nicht einmal der Schumacher geschafft hat: Die schnellste Runde, die je in Monza gefahren worden ist, hat er gefahren, der Jochen Rindt. Das war seine vorletzte Runde. Und bei der letzten ist er verunglückt. Die vorletzte Runde ist heute noch Rekord – das hat keiner mehr geschafft. Obwohl sie heute bessere Autos haben."

Wir schwiegen und brachten Jochen Rindt die Libation mit einem Schluck *Chantré*. Schiller schien etwas pikiert zu lächeln.

„Beschreib ihn mir mal, den Rindt."

„Der Rindt. Das war einer. Gut eins fünfundachtzig groß. Für einen Rennfahrer ist er groß gewesen. Und eine lange Nase hat er gehabt. Sympathischer Kerl. Der war überall beliebt. Dunkelblondes Haar. Ende zwanzig war er, wie er gestorben ist. Auf mich hat er davor ausgeglichen gewirkt, und ruhig. Wirklich in Ordnung. Und charakterlich war der auch in Ordnung, sonst hätten sie ihn damals nicht so verehrt. Heute werden ja eher arrogante und dumme Leute populär. Den ganzen Abend haben sie über ihn gesendet, sogar die Deutschen. Die verleiben sich ja alles ein, und weil er ein paar Jahre in Deutschland gelebt hatte, haben sie auch versucht, ihn sich einzuverleiben. Alles, was gut ist, ist deutsch, und was schlecht ist, ist österreichisch, seit ihr uns nicht mehr habt."

„Das läuft aber auch umgekehrt. Jeder denkt, Hitler sei Deutscher und Beethoven Wiener."

„Na, der Hitler ist Österreicher. Den lassen wir uns nicht nehmen. Aber in Österreich war er im Knast, und in Deutschland ist er Reichskanzler geworden, und zwar bevor wir dann wieder dazukamen. Wer ist dann schuld an dem allem? Wir wohl nicht, oder?“

Die Frage, wer an Hitler und dem allem schuld war, hing über der Anlage wie ein Nebelschwaden. Sie blieb ohne Antwort.

„Wen hast du denn noch so getroffen, so schicksalhaft in deinem Leben?“

„Naja, für dich ist das unvorstellbar, aber ein Tramp wie ich lernt viele Prominente kennen. Es gibt Arschlöcher unter den Prominenten, und es gibt welche, die sind sozial eingestellt – ohne Kamera. Die Arschlöcher machen nur etwas, wenn die Kamera dabei ist. Aber es gibt viele, die haben auch ohne Kamera einen Draht zu mir. Und da werde ich auch von Leuten angeredet. Wie mich zum Beispiel Hannelore Elsner angesprochen hat. Und dann ist sie mit mir essen gegangen.

So ist das in Amerika drüben auch. Die haben keine Berührungsängste. Das ist es, die Prominenten drüben in Amerika, die haben keine Berührungsängste. Der setzt sich in einer Bar neben dir hin oder zu dir an den Tisch, egal. Wie du aussiehst, ist ihm scheißegal. Quatscht mit dir, und er sieht, du hast weniger als er, und er sagt, Junge, sauf einen Whiskey oder sauf ein Bier, geht auf mich. Es gibt da drüben keine Klassenunterschiede, das ist es. Es gibt Arm und Reich, aber Arm und Reich kann da drüben schön nebeneinander leben. Und die Reichen geben den Armen auch einmal etwas ab, ohne daß sich der Staat immer um alles kümmern muß. Ist er sowieso zu doof dafür, der Scheißstaat. Kriegt er hier doch auch nicht geregelt, aber er tut so und beschäftigt nur sich selbst damit und nimmt den anderen die Steuern ab.

Zum Beispiel – über drei Monate habe ich gebraucht, bis ich in Los Angeles war. Dort bin ich noch eine Zeitlang geblieben. Dann war ich noch in Santa Catarina, wo diese Serie, *Baywatch*, gedreht wurde. Da siehst du auch genug Prominente und so. Da habe ich das erste Mal Weihnachten im Sommer erlebt. Hey, die haben Sommer zu Weihnachten! Das heißt, sie haben auch Winter – aber keinen Schnee! Das ist eine Katastrophe, eine Frechheit, habe ich mir gedacht.

Aber selbst Weihnachten, da wurde ich eingeladen. Komm! Ist zwar ein Familienfest, aber egal. Weißt du, bei uns hier, die Leute, sie geben dir zwar etwas, aber keiner sagt, komm Junge, geh mit, feiere mit uns Weihnachten. Sie geben dir etwas, hier, aber da drüben, da habe ich mit einer Familie, keine Prominenten, eine ganz normale Familie, Weihnachten gefeiert. So auf der Straße kennengelernt, und die haben mich eingeladen. Zum obligatorischen Truthahn. Das muß ich sagen, da habe ich schön reingehauen. Das war das einzige Mal, daß ich Heiligabend unter Familie war. Und das letzte Mal überhaupt, daß ich Weihnachten in Gesellschaft verbracht habe. Sonst bin ich Weihnachten immer alleine. Ich sitze irgendwo im Park, meine Flasche Wein, etwas zu essen und fertig. Ich versuche, gar nicht dran zu denken. Weihnachten ist für mich ein Tag wie jeder andere. Feiertage und die ganzen Feste, die ärgern mich am meisten – für mich könnte man sie abschaffen. Von mir aus gesehen. Von dir aus gesehen nicht, denn da hast du ja frei.

So ist es doch: Ich bin frei, aber ich habe nie frei. Du hast manchmal frei, aber du weißt gar nicht, was Freiheit ist.

Ja, die Prominenten. Im Winter drauf, in San Antonio, in Texas, da habe ich Frankie Laine kennengelernt. Kennst du den Western *High Noon* mit Gary Cooper? Frankie Laine singt die Titelmelodie von diesem Film. Ich mag das Lied, *High Noon*. Um Ehre und Aushalten geht es da."

Franz blickte inwendig auf die dunkler werdende Anlage und sang mir den Refrain des Liedes vor:

„Do not forsake me, oh, my darlin',
On this, our wedding day.
Do not forsake me, oh, my darlin',

Wait; wait alone.
I do not know what fate awaits me.
I only know I must be brave.
For I must face a man who hates me,
Or lie a coward, a craven coward;
Or lie a coward in my grave."

Nach dem Lied gab es wieder *Chantré*.

„Prost! Na, und den habe ich da getroffen. Das war auch in einer Bar und auch durch Zufall. Mit dem habe ich gesoffen, und ich weiß nicht, wer dann unter den Tisch gefallen ist. Da war sogar ich noch besoffen, und ich vertrage was. Wir haben nur Whiskey gesoffen. Aber nur den *besten* Whiskey!"

Franz betonte das so, daß ich den guten Tropfen beinahe schmecken konnte, auch wenn wir immer noch nur den *Chantré* in der Hand hatten. Mir tat es leid, nicht etwas Vernünftiges besorgt zu haben – aber er hatte ja Branntwein bestellt.

„Alten Jim Beam Tennessee. Das war seine Marke. Wahrscheinlich lebt der noch, der müßte jetzt so Ende siebzig sein. Aber ein Säufer par excellence. Diese Nacht vergesse ich nie. Das war eine Sauferei, das glaubst du gar nicht. Das war nicht Alkohol trinken, sondern Alkohol vernichten. Wir haben auf Meterbrettern getrunken.

Und dann ist er auf die Bühne gegangen in der Kneipe, auch so eine Country-Kneipe, hat die Gitarre genommen und *High Noon* gespielt. Und noch ein paar andere Songs von ihm. Mein Gott, war das schön. Die Leute haben getanzt und gejohlt. Die sind da ganz normal mit den Leuten, keine Autogramme und so, sondern die saufen mit den Leuten. Er hat gespielt auf der Bühne, und später sind noch zwei, drei andere Musiker dazugekommen: Der Cowboy Cooper, das war auch ein bekannter Country-Sänger. Der ist in den achtziger Jahren mit dem Flugzeug abgestürzt. Und Ricky Nelson ist reingekommen, falls dir der Name etwas sagt. In *Rio Bravo* spielt der den Jungen mit der Gitarre, neben John Wayne. *Lonesome Town* ist von dem, dieses Lied über die Stadt, wo die gebrochenen Herzen wohnen."

Wieder fing Franz an, mit seiner tiefen Stimme etwas unmelodisch zu singen, und während er sang, fuhr es mich an, wie sehr dieses Lied zu ihm paßte, das er da auswendig vortrug:

„Goin' down to lonesome town
Where the broken hearts stay
Goin' down to lonesome town
To cry my troubles away

In the town of broken dreams
The streets are filled with regret
Maybe down in lonesome town
I can learn to forget."

„Kennst du, oder? Später auch mit dem Flugzeug abgestürzt. Mit fünfundvierzig ist er gestorben. Ist aber kein schlechter Tod, finde ich. Er war auf dem Weg zu einem Auftritt, in seiner Privatmaschine. Der ist damals auch dazugekommen, da in der Bar, und dann ist es rundgegangen. Es ist so in Amerika, drüben, in den Kneipen.

Frank, jetzt bin ich in meinem Element. So, genauso ist es da in den Kneipen. Und ich als Tramp bin mittendrin. Da werde ich akzeptiert, so wie ich bin, verstehst du? In Deutschland gibt es das, wenn überhaupt, nur in Hamburg oder Berlin. Oder in Köln; in Köln gibt es das auch.

In Wien habe ich eine Reisetasche deponiert, da habe ich Photos von der damaligen Zeit drinnen. Da bin ich mit Rickie Nelson und Frankie Laine drauf. Und ein Photo mit Johnny Cash. Johnny Cash sagt dir ja etwas? *Ring of Fire*, das kennt man."

Zum dritten Mal sang Franz mir vor, während der Himmel über uns und Herrn Schiller inzwischen gedunkelt war.

Ich wünschte, ich hätte meine Mundharmonika aus alten Fahrtenzeiten dabei und nicht längst verlernt, sie zu spielen. Außerdem bekam ich Lust, zu Füßen Schillers ein Feuer zu entfachen, aber ich beließ es bei der Vorstellung, während Franz über die Flammen der Liebe sang.

„Love Is A Burning Thing
And It Makes A Fiery Ring
Bound By Wild Desire
I Fell Into A Ring Of Fire

I Fell Into A Burning Ring Of Fire
I Went Down, Down, Down
And The Flames Went Higher

And It Burns, Burns, Burns
The Ring Of Fire
The Ring Of Fire."

„Vor einem Jahr ist er gestorben. Johnny Cash war der größte Country-Sänger, den es je gegeben hat. Der hat mehr Platten verkauft als die Rolling Stones. Und mehr als Elvis. Das war der Gott, was Country-Musik anbelangt. Voriges Jahr ist er mit einundsiebzig gestorben. Und mit dem habe ich Photos, die kann ich aus Österreich mitbringen. Ich habe sogar ein Photo, auf dem ich mit Jimi Hendrix drauf bin. Das war noch vor meinem Knast. Jimi Hendrix war damals noch nicht berühmt. Der war damals nur ein Studiomusiker. Und Sonny und Cher haben damals in Wien ein Konzert gegeben, bei dem er die Hintergrundgitarre gespielt hat. Da war er noch niemand. Der hat auch bei Ike und Tina Turner und auch bei den Rolling Stones die Hintergrundgitarre gespielt. Als die Rolling Stones das Lied *Angie* aufgenommen haben, die Gitarre, die du im Hintergrund hörst, das ist Jimi Hendrix. Der ist erst 1968 mit *Hey Joe* berühmt geworden."

Das sollte heute unser Liederabend werden, denn schon wieder sang Franz, und ich schnippte mit den Fingern zu dem Lied von Joe, der mit einer Pistole in der Hand zu seiner Frau gegangen war.

„Hey Joe, where you goin' with that gun in your hand
Hey Joe, I said where you goin' with that gun in your hand
I'm going down to shoot my old lady
You know, I've caught her messin' around with another man
I'm going down to shoot my old lady
You know, I've caught her messin' around with another man
And that ain't too cool."

„Und 1969 durch Woodstock, da ist er groß rausgekommen. Woodstock war ja damals das Nonplusultra. Eine halbe Million Menschen. Bei diesem Konzert, drei Tage lang. Gegen den Vietnam-Krieg."

„Franz, diese ganzen Namen – das sagt mir nichts, für mich ist das längst Geschichte."

„Na, für mich nicht. Was glaubst du, wen ich alles getroffen habe … Auch Leute, die dir noch etwas sagen. In Wien, im fünfzehnten Bezirk, da habe ich einmal den *Augustin* verkauft, so eine Straßenzeitung wie die *Motz* in Berlin oder *Hinz und Kunzt* in Hamburg. Der Typ jedenfalls, der diese Natascha Kampusch gefangengehalten hatte, der wohnte im fünfzehnten Bezirk, oder zumindest hatte er eine Wohnung dort. Das glaubst du jetzt nicht, aber ich habe in dem Haus geschlafen ein paar Wochen. Das war, bevor er dann später das Mädchen in Strasshof festgehalten hat, in Niederösterreich. Aber es war derselbe Typ. Den hatte ich kennengelernt über den Zeitungsverkauf, so wie dich. Der hatte da auf einer Brücke in einer Bäckerei eine Zeitlang als Aushilfe gearbeitet. Da hat er mich eines Tages gefragt, das war im Winter. Er hat gesagt, weißt du was, ich habe Platz in meiner Wohnung, du kannst bei mir schlafen. Ich geh sowieso um vier in der Früh' weg und komme erst zum Abend wieder, da kannst du die Wohnung benützen.

Stell dir vor, bei dem habe ich gewohnt. Eigentlich ganz nett von dem Kerl, da siehst du mal, wie es so geht mit den Menschen. Und hab natürlich kein bißchen geahnt, was der später machen würde. Wenn ich das gewußt hätte, hätte ich ihm schon vorher den Kopf abgerissen. Ich kaufe Jahre später eine Zeitung, und da steht der Fall. Sein Photo habe ich sofort erkannt.

Das Leben spielt verrückte Spiele mit dir; das ist so, Frank. Aber du mußt aus allem, was im Leben passiert, egal, wie negativ es ist, wie enttäuschend es ist, du mußt das Positive herausziehen. Du darfst nie am Menschen zweifeln. Du darfst nie alle Menschen in einen Topf werfen.

Schau, ich erlebe es ja hier: Die Anzugträger da mit ihren Nadelstreifen – gehen hinter die Büsche, ziehen sich ihre Koksnase durch, gehen bei mir vorbei und sagen, du Arschloch, du blöder Penner du. Ja, ich bin der Penner, und er ist rauschgiftsüchtig. Na Mahlzeit, da freue ich mich. In der Früh' am hellichten Tage, wenn sie durchgehen und weiterlaufen zu ihren Banken. Ziehen sich da die Nase durch. Wahrscheinlich sind auch Kollegen von dir dabei, denn viele von denen gehen dann da hinten hinauf, wie du. Wenn ich einen Photoapparat hätte, würde ich mal welche photographieren.

Da kommt zum Beispiel einer durch, jeden Tag. Der ist vielleicht gerade einmal dreißig Jahre alt. Abgeschleckt wie ein Gigolo. Der arbeitet da hinten in dem Bankhaus, piekfeine Bude, was weiß ich. Nadelstreifenanzug, die Haare immer mit viel Gel drinnen. So richtig playboymäßig, ja. Der erste Weg von ihm ist – nach hinten gehen, Koks in die Fresse, kommt heraus, sagt „Scheißpenner", und vorbei. Was muß der mich noch fertigmachen, die arme Wurst? Ich habe ihm schon zweimal gesagt, daß ich ihm bald eine Watschen gebe, wenn er es noch einmal sagt, aber er kapiert es nicht, ist halt zu dumm dazu. Er ist zwar Banker, aber auch Banker können dumm sein, die reißen uns sowieso noch alle in den Abgrund. Auch wenn einer studiert hat, muß er nicht unbedingt der klügste Kopf sein. Ich habe nie studiert, ich habe nur vier Klassen Volksschule und vier Klassen Hauptschule. Aber weißt du, mir gehen die Leute am Arsch vorbei. Ich sitz da im Park und schau mir das alles an."

Mich durchfuhr es, daß auch ich ihn so fertigmachen wollte, damals am Morgen des Tages, an dem wir uns kennengelernt hatten. Aber er schien es vergessen zu haben und erzählte weiter:

„Es gibt auch andere Leute, wie die eine Frau, die mir die Militärkappe hier gekauft hat. Die arbeitet in der Commerzbank. Die kommt in der Früh', setzt sich zu mir her, sagt, okay, wenn ich fünf Minuten zu spät zur Arbeit komme, ist mir auch egal. Wir quatschen ein bißchen. Sie arbeitet nur halbtags oben. Nachmittags um zwei kommt sie wieder. Und bringt mir zwei Liter Wein. Je weiter unten die Leute sind, desto netter sind sie. Wahrscheinlich darf man nicht nett sein, um nach oben zu kommen. Davon verstehst du mehr als ich.

Oder die Jugoslawin, die ich kennengelernt habe. Wenn ich ihr sage, du, sei so lieb, und fahre mal mit dem Fahrrad zum Plus herunter, einen Liter Wein holen, hier hast du Geld. Dann sagt sie, hast du einen Knall, ich habe dich nicht um Geld gefragt, sondern ich habe dich gefragt, wieviel Wein du brauchst. Und dann bringt sie mir drei oder vier Liter, einfach so. Die hat einen Magister, eine intelligente Frau. Sie geht in die Bibliothek in der Uni, und sie ist sehr strebsam, die will noch etwas aus sich machen nebenher. Die will es wirklich zu etwas bringen. Und das finde ich toll. He, ich finde das super, Frank, auch von dir. Was du geschafft hast in deinem Leben.

Das verurteile ich nicht, auch wenn ich sage, ich will von der Gesellschaft nichts hören. Da habe ich etwas Falsches gesagt.

Paß auf, es gibt *die* Gesellschaft und *die* Gesellschaft. Du gehörst zu der einen Gesellschaft. Es gibt aber auch die andere Gesellschaft, die möchte-gern-prominent sind, die überhaupt möchte-gern sind. Ich weiß nicht, ob du das verstehst; ich kann es nicht anders ausdrücken. Zu denen möchte ich nicht gehören. Aber vor Leuten wie dir, die es zu etwas gebracht haben, habe ich Respekt. Vor solchen Leuten habe ich Respekt. Wer es mit ehrlicher Arbeit zu etwas gebracht hat, das ist es. Und dann aber nett bleiben, kein Arschloch werden. Das ist die Kunst."

Jetzt schätzte er mich höher ein als ich mich selber. Von unserer Arbeit hatte er keine Ahnung. Ich fragte mich, was an ihr ehrlich, geschweige denn nützlich sei. Darum ging es aber auch gar nicht. Eine Investmentbank ist keine Tischlerei. Und seine Vorahnung, daß wir alle anderen noch in den Abgrund reißen könnten, war vielleicht hellsichtiger, als ihm klar war. Ich hätte nicht die Hand dafür ins Feuer gelegt, daß unser Zirkus auf ewig so munter weitergehen würde, ohne daß es einmal kracht. Aber Franz fuhr fort, ohne daß ich zu Wort kam:

„Schau, es gibt ein Sprichwort: Nichts können ist keine Schande. Nicht lernen wollen, das ist eine Schande. Du hast es auf deine Art zu etwas gebracht. Okay, ich habe es zu nichts gebracht. Aber ich habe auch in meinem Leben einen Beruf gelernt, verstehst du, und da wäre ich heute noch Boss. In meinem Beruf, das, was ich gelernt habe, da kann ich etwas. Aber die Lebenserfahrung, die ich dann gesammelt habe, die kannst du gar nicht erreichen. Ich kenne das Leben von ganz unten und ganz oben. Ich kann dir das pure Leben erzählen – keine Bücher. So, jetzt setze ich mich irgendwo hin und esse zu Abend, und dann muß ich Zeitungen verkaufen und Flaschen sammeln."

Der *Chantré* war leer. Finsternis lag über der Anlage. Wir schwiegen, und mir war kalt. Ich wollte Franz erklären, daß ich meine Arbeit kritischer sah als er. Daß wir da ein gigantisches Lügengebäude errichteten, Babel und Mammon. Daß wir ums goldene Kalb tanzten. Daß das ganze Konstrukt in einem Riesenkrach untergehen könnte. Und alles mitreißen könnte. Der perfekte Sturm. Und daß ich überhaupt nicht nett war, normalerweise genau wie die anderen war. Und nur jetzt irgendwie anders, weil ich ihn kennengelernt hatte. Aber ich schwieg.

Da setzte Franz noch einmal an: „Eine schicksalhafte Begegnung erzähle ich dir noch. Aber du darfst nicht sagen, daß ich verrückt bin.

Ich sage immer, ich habe keine Familie mehr. Ich habe aber doch Familie, Frank. Nur, meine Familie ist für mich tot. Meine Geschwister sind für mich tot. Und ich bin für die tot. Wir haben nie wieder Kontakt gehabt, seit vierzig Jahren. Meine Familie ist reich, da unten in Österreich. Ein Bruder von mir besitzt drei Autohäuser. Meine jüngere Schwester hat einen Wellness-Salon mit Sauna, Solarium und allem Drum und Dran. Einer meiner Brüder hat eine eigene Schlosserei mit über dreißig Angestellten. Und so weiter. Die müßten alle nur ein ganz bißchen abgeben, und da hätte ich ausgesorgt.

Ich meine, die würden sich freuen, wenn sie hören würden, daß ich krepiert bin. Das kannst du dir nicht vorstellen. Ich bin meiner Familie Todfeind. Ich bin nicht einmal zur Beerdigung meiner Eltern gefahren. Meine Mutter hat mir damals ins Gefängnis geschrieben, ihr wäre lieber, ich wäre tot als im Knast. Das war für mich der Auslöser, wo ich gesagt habe, leckt mich alle am Arsch. Den einzigen Menschen meiner Familie, den ich gemocht habe, das war der Mann von meiner jüngsten Schwester. Der hat sich aber umgebracht.

Und an dem Abend, an dem er sich umgebracht hat ... Wir haben jetzt 2006, das ist also jetzt fünfzehn Jahre her ... Ja, fünfzehn Jahre ist das jetzt her. Fast auf den Tag genau ... war ich in der Ortschaft. Gnadenwald heißt das, wo ich aufgewachsen bin. Gnadenwald bei Hall in Tirol. Ein Wald von Gnade, aber mit Gnade hat das alles nichts zu tun. Meine Familie jedenfalls hat nicht gewußt, daß ich noch einmal in die Heimat komme, nach Tirol. Nur der Christoph hat es gewußt. Das war der, der sich umgebracht hat. Wir wollten uns treffen. Wir hatten ein paar Tage vorher per Telephon ein Treffen ausgemacht. Nur hat der sich genau an dem Abend umgebracht, an dem wir uns treffen wollten.

Ich habe gewartet auf ihn. Irgendwann habe ich gedacht, na ja gut, dann gehe ich. Ich war in Hall herunten. Das ist die Stadt vor Gnadenwald. Da habe ich mir gedacht, gehe ich halt nach Gnadenwald herauf und schaue einmal nach Hause zu. Und da mußt du, wenn du von Hall nach Gnadenwald gehst, und da darfst du mich jetzt nicht für verrückt erklären, da mußt du durch einen Friedhof durchgehen. Und ich geh durch; also ein, zwei Uhr morgens. Das weiß ich noch – es war kalt in der Nacht wie im November, nebelig und so, wie heute abend.

Ich geh durch, und auf einmal geht jemand an mir vorbei. Und ich schau. He, Christoph! Keine Reaktion, geht weiter. Ich schreie noch einmal, Christoph, bleib doch stehen! Keine Reaktion. Drehe ich mich um, ist er verschwunden. Denk ich mir, okay, habe ich mich getäuscht, war es jemand anders. Aber daß da jemand war, ist ganz klar, ohne jeden Zweifel.

Dann bin ich ein paar Stunden weitergegangen und rauf zur Wohnung meiner ältesten Schwester. Das war auch die einzige von meinen Geschwistern, mit der ich noch ein bisserl geredet hab. Weil der Christoph und ich, wir waren auch schon von der Jugend an Freunde gewesen. Es war spät in der Nacht. Ich läute trotzdem und sage:

‚Du, was ist denn mit dem Christoph da?'

‚Komm rein.'

Komm ich rein, und da sitzen in der Küche Polizeibeamte und so herum. Bei Selbstmord kommt immer sofort die Kriminalpolizei.

‚Was ist denn da los, was macht ihr denn da?'

‚Der Christoph hat sich umgebracht.'

‚Ihr seid's ja nicht ganz dicht. Den habe ich gerade gesehen. Wie ich von Hall heraufgegangen bin.'

Sagt der von der Kripo: ‚Wen haben Sie gesehen?'

‚Ja, meinen Schwager habe ich gesehen. Den werde ich vielleicht noch erkennen, oder? Er war nur irgendwie ... also anscheinend war er besoffen. Weil er auf mich nicht achtgegeben hat.'

‚Der hat sich umgebracht. Er liegt im Nebenzimmer.'

Die haben da so eine Glastür gehabt zum Wohnzimmer.

‚Im Wohnzimmer liegt er drin?'

‚Ja, aber da dürfen Sie jetzt nicht rein. Das ist versiegelt.'

‚Was darf ich nicht? Das mußt du mir jetzt sagen, wie du das verhinderst, du Volltrottel da.'

Mußt dir vorstellen, Frank, ich habe damals über fünfundachtzig Kilo gehabt. War austrainiert. Ich habe immer gesportelt, in meinem ganzen Leben. Also, ich soll da nicht reindürfen? Ich bin herausgegangen. Er stellt sich vor die Tür und sagt, da können Sie jetzt nicht herein. Ich habe mit der Faust durch die Glastür durchgeschlagen und bin herein ins Wohnzimmer.

‚Wieso sagt's Ihr, der ist tot? Der schlaft ja!'

Hey, der ist dagelegen, wie wenn er schlafen würde. Ich habe ja keine Berührungsängste mit einem Toten. Ich habe das einfach nicht geschnallt. Gut, die Kripo hat sich beruhigt. Ich habe mich auch beruhigt. Habe mich an den Fernseher gehockt und etwas gesoffen. So eine halbe Flasche Schnaps habe ich schon gesoffen. Es hat nämlich noch ein paar Stunden gedauert, bis der Leichenwagen heraufgekommen ist. Dann kamen die, um ihn abzuholen. Ein alter Mann, von Gicht geplagt, und ein junger. Legen ihn in den Sarg hinein, so einen Zinksarg. Und da sagt der Alte, Sie, könnten Sie uns helfen? Ja, und da habe ich ihn selber in den Sarg hineingelegt. Habe ich gesagt, lassen Sie ruhig sein, ich mache das schon.

Das war einschneidend für mich. Das war das letzte Mal, daß ich mit meiner Schwester geredet habe. Und mit den anderen Geschwistern habe ich über vierzig Jahre nicht mehr geredet. Kein Wort.

Später habe ich mal einen Psychiater gefragt. Der sagte, das gibt es schon. Du hast eine gute Beziehung zu ihm gehabt. Vielleicht hat der im letzten Moment an dich gedacht. Und verabredet wart ihr ja auch. Vielleicht wollte er sich verabschieden. Selbst die Kirche sagt, daß es Geister gibt. Seelen, die auf der Erde bleiben müssen. So etwas gibt es schon. Vielleicht müssen sie noch etwas erledigen. Es gibt Mütter, die haben ihre Söhne gesehen, als sie weit weg von ihnen in Rußland gefallen sind, im Krieg.

Frank, ich hätte geschworen, daß ich ihn gesehen habe. Der ist bei mir vorbeigegangen! Nur war er auf einmal verschwunden in der Nebelwand. Ich kannte ihn doch seit so vielen Jahren! Der ist übrigens auch immer im Anzug gegangen, wie du. Das war auch so ein Anzugträger. Entschuldigung."

Franz mußte lachen über die makabre Pointe, die er da zum Schluß produziert hatte. Fröstelnd trennte ich mich von ihm. Die nachtschwarze Anlage mit ihren Nebelschleiern wirkte unheimlich auf mich, und ich war froh, als ich sie durchquert hatte.

VIII

Einige Tage später sahen wir uns zum letzten Mal. Wir trafen uns zu einem Abschiedsgespräch in einer der schäbigen Kneipen mitten im Rotlichtviertel zwischen der Anlage und dem Hauptbahnhof. Ich wollte Franz die Zugfahrt nach Wien bezahlen. Wenn alles gut ging, würde er mit einer kompletten Kopie seiner Gerichtsakten nach Frankfurt zurückkehren. Wenn nicht, dann hätte ich es wenigstens versucht, an diese Unterlagen zu gelangen.

Die Gerichtsakten interessierten mich, weil ich begonnen hatte, unsere Gespräche niederzuschreiben. Mit Hilfe der Akten würde ich vielleicht wirklich ein Buch über Franz verfassen können. Er war davon überzeugt, daß es gelingen könnte, ich blieb skeptisch. Aber vielleicht würde das Vorhaben mir helfen, meine Arbeit zu ertragen und die Zweifel zu vertreiben. Zum Ausgleich – und als Sublimierung. Doch womöglich würde die Geschichte tatsächlich auch andere Menschen ansprechen. Vielleicht könnte ich sogar auf diese Weise meiner Arbeit entkommen, wer weiß. Den Versuch wollte ich wagen. Mehr noch: Ich vernahm so etwas wie eine innere Stimme. Sie befahl mir klar und deutlich, Franz die Fahrt nach Wien unbedingt zu ermöglichen, so gering auch die Chancen standen, daß ich ihn je mitsamt seinen Akten wiedersehen würde. Ich mußte es tun, und ich war bereit, ihm knapp 500 Euro zu geben.

(Richtig: Dies war die Stimme der Stadt.)

So hatten wir es zwei Tage zuvor morgens an seiner Parkbank in der Anlage verabredet, und wir trafen uns nun zum Abschied im verruchten Bahnhofsviertel von Frankfurt, bevor er zum Zug gehen würde. Wir bestellten Pizza und Rotwein. Nach dem Essen tranken wir Weißbier und rauchten meine Zigarillos. Franz freute sich auf die Fahrt und erzählte mir ein letztes Mal aus seinem Leben. Ich hörte gebannt zu, weil ich ahnte, daß ich ihn nicht wiedersehen würde. Und ich wollte doch immer noch etwas Bedeutsames von ihm erfahren.

„Einmal, da habe ich da oben in Frankfurt geschlafen, da, wo die drei Statuen stehen in der Anlage, gar nicht weit von hier. Das war 1995. Und dann habe ich es in der Zeitung gelesen. Den Monat weiß ich nicht mehr, aber es hat groß in den Zeitungen gestanden. Dieser Fall. Also, ich schlafe da oben, verstehst du. Und da habe ich nicht mitgekriegt, daß ungefähr von hier bis zu dem Baum, ja ein Steinwurf … Also, ich habe hinter den Büschen gelegen und habe nicht mitgekriegt, daß daneben eine Prostituierte abgestochen wird wie eine Sau. Ich hab das nicht mitgekriegt! Ich habe sie tot in der Früh' gesehen. Eine Riesenblutlache. Ich weiß nicht, zweiundzwanzig Messerstiche oder was sie gehabt hat. Ein junges Mädchen, fünfundzwanzig Jahre alt. Das kannst du überprüfen in den Zeitungen von damals.

Hey, ich habe gedacht, ich spinne. Habe einen Knall in der Birne. Ich bin nicht zimperlich, bin nicht der, der schreit und erschrickt, wenn er da jemanden liegen sieht. Bin zur nächsten Telephonzelle gegangen und habe den Notruf getätigt. Dann ist die Polizei gekommen und hat das alles aufgenommen. Mich haben sie wieder rausgelassen, weil sie gesagt haben, Sie können nicht der Täter sein. Aber den Mord habe ich nicht gehört! Ich habe geschlafen! Genau bei den drei Statuen ist sie gelegen. Am Boden, auf dem Rücken. Alles voller Blut. Eine Riesenlache. Die ist komplett ausgeblutet. Der Mensch hat sieben Liter Blut. Die hat ausgeschaut, als wenn sie durch einen Fleischwolf gedreht worden wäre. Diese Wunden. Halbnackt. Den Slip hatte sie noch an. Der Oberkörper war frei, aber da hast du nur die Einstiche gesehen. Habe ich nicht mitgekriegt. Das war vor elf Jahren, hier in Frankfurt. Von hier bis zum Baum, und ich habe das nicht mitbekommen. Hinter den Büschen gelegen und gepennt. Hätte der Mörder gesehen, daß ich da liege, hätte er mir wahrscheinlich auch eine serviert. Und hätte ich etwas bemerkt, wäre ich sofort dazwischengegangen. So einen hätte ich gerne mal in den Fingern. Den haben sie bis heute nicht erwischt, soviel ich weiß. Ich bin ja dann von Frankfurt weg und bin erst jetzt wieder zurückgekommen. Das erste Mal seit damals bin ich jetzt wieder hier.

Mensch, das hat sich verändert. Damals war es mit den Drogen noch nicht so arg. Das ist schlimmer geworden. Damals war das Bahnhofsviertel zwar gefährlicher, weil viel Randale war. Aber mit den Drogen war es nicht so gewaltig. Bloß die Atmosphäre in der Stadt ist dieselbe geblieben. Alle nur am Arbeiten. Und von den Bullen her sowieso. Für die bin ich ein Misteimer, so wie sie für euch die Misteimer sind.

Ich bin diesmal von Hamburg gekommen. Ich wollte gar nicht nach Frankfurt. Ich wollte eigentlich damals schon heim nach Österreich fahren. Ich bin mit Wochenendticket gefahren und in den falschen Zug eingestiegen. Und der ist in Frankfurt gelandet. Da konnte ich nicht mehr weiterfahren, weil der Fahrschein nicht mehr gültig war, nach vierundzwanzig Stunden. Und so bin ich gezwungenermaßen in Frankfurt geblieben. War aber gar kein Fehler. Ich habe eine wertvolle Erfahrung gemacht in Frankfurt jetzt. Ich habe wertvolle Leute kennengelernt, wie dich. Die Jugoslawin. Die Security-Lady da. Verstehst du, ich habe etwas gelernt dabei. Ich lerne von dir auch, Frank."

Franz legte eine Pause ein.

„Na schau, die Karnickel da drüben in der Anlage. Das sind zu viele. Parasiten. Man sollte da einfach Gift legen. Immer nachts sind sie heraußen. Tagsüber in ihrem Bau. Aber zu viele. Daß die Stadt da nichts dagegen unternimmt."

Noch einmal Schweigen.

„Wie gesagt, ich habe früher über fünfundachtzig Kilo gehabt. Jetzt habe ich fünfzig Kilo, ungefähr. Aber ich bin noch fitter als so mancher Junge. Für die drei Türken neulich hat es gereicht, weil ich mein Messer hatte. Ich lege nachts manchmal zehn, zwanzig Kilometer zurück. Alter, gib die Kohle raus, haben die gesagt. Was wollt ihr? Ich habe keine Kohle. Das könnt ihr haben! Und da hatte der eine mein Messer schon an der Kehle. Da sind sie aber gerannt, die Idioten."

Ich möchte unbedingt noch etwas Wesentliches von Franz erfragen, ich muß es, bevor ich ihn aus den Augen verliere. Aber mir ist nicht klar, worauf ich mir Antwort erhoffe. Ich frage ihn, wie das mit dem Schlafen ist, wenn man auf der Straße lebt.

„Manchmal lassen mich die Sicherheitsleute bei den Banken unter Dach schlafen, wenn es regnet. Sogar bei der Europäischen Zentralbank habe ich schon geschlafen. Kommt immer drauf an, wer gerade Dienst hat. Wenn die Richtigen da sind, habe ich Glück. Wenn ein Arschloch da ist, dann gibt er mir einen Tritt und jagt mich bei strömendem Regen raus. Die Polizei nicht, denen ist das egal. Die sagen immer, morgen muß alles sauber sein, laß keinen Dreck liegen und ansonsten bleib ruhig da und schlaf. Wenn die Security dann auch mitspielt, kann ich meine Kisten ausbreiten und habe meine Ruhe. Aber selbst wenn so ein Arschloch von Security-Mensch kommt und mich wegjagt, ich finde immer was. Ich bin seit dreißig Jahren auf der Straße, sonst hätte ich das gar nicht überlebt. Mach dir keine Sorgen. Wenn ich das nicht mehr schaffe, schafft es niemand.

Aber das mit dem Schlafen ist schon so ein Ding. Alles andere kann man leichter regeln. An der Hauptwache gibt es einen Waschsalon, da zahle ich fünf Euro und kann alles waschen und trocknen, meine ganze Kleidung. Ich trage keinen Anzug wie du, aber ich will schon, daß meine Sachen sauber sind."

„Bekommst du denn manchmal Hilfe?"

„Siehst du meine Militärstiefel? Die habe ich von einem deutschen Gebirgsjäger bekommen. Ich habe ihn kennengelernt, da habe ich in München den *Biß* verkauft. Der kam vorbei und hat gesehen, daß ich kaputte Schuhe anhatte. Das war im Winter.

‚Hast du keine anderen Schuhe?'

‚Nein, ich kann mir keine leisten, Junge. Schau, ich verkaufe die Obdachlosenzeitung, und Schuhe sind teuer.'

‚Weißt du was, bist du morgen hier?'

‚Na klar bin ich morgen hier, ich verkaufe ja hier. Am Marienplatz.'

‚Ich komme morgen. Ich bringe dir Schuhe und Jacke mit.'

Und da hat er mir seine Daunenjacke mitgebracht, die man bei Kälte unter der Uniform trägt, und diese guten Bergschuhe von den Gebirgsjägern. Hey, seit fünf Jahren habe ich die. Super sind die, auf allen Straßen Europas kann man damit marschieren. Haben die damals ja auch schon ausprobiert. Unkaputtbar, warm und wasserdicht. Und die Jacke auch, sauwarm. Bei minus zwanzig Grad friere ich damit nicht. Der hieß Martin. ‚Sankt Martin', habe ich ihm gesagt, ‚danke!' Ich glaube, das war sogar so um den 11. November herum; die Kinder sind mit Laternen gegangen und haben ‚Sankt Martin ist ein guter Mann' gesungen."

Meine 500 Euro für die Fahrt nach Wien und zurück, damit er die Akten holen konnte und noch etwas Taschengeld hatte, kamen mir jetzt gar nicht mehr abwegig vor. Eigentlich sogar kleinlich. Zumal Franz darauf bestand, daß er das Geld zurückzahlen wolle, wenn wir das Buch erst verkaufen würden. Er dachte wirklich, daß es ein großer Erfolg werden könnte. Er unterschrieb sogar einen Schuldschein, und das kam mir dann schon schäbig vor, auch wenn ich nicht mit einer Rückzahlung rechnete. Aber so war ich, ein Banker, der sich von einem Penner einen Schuldschein unterschreiben läßt, typisch.

Noch einmal fragte ich ihn nach besonderen Begebenheiten aus seinem Leben, weil ich geradezu getrieben war von der Vorstellung, etwas Wichtiges noch nicht gehört zu haben, das er mir zu sagen hätte.

„Weißt du, was mein traurigster Tag war? Im Jahre 1994 der 29. Jänner. Das war der traurigste Tag für mich. Da ist … schau, ich habe sie persönlich gekannt. Ich bin ein Sportfan, weißt du. Und die Ulli Maier, das war eine der besten Skirennläuferinnen, die wir in Österreich hatten. Die ist damals – und ich habe den Unfall selber gesehen, weil ich bei dem Rennen war – in Garmisch-Partenkirchen bei der Weltcup-Abfahrt tödlich verunglückt. Genau an meinem Geburtstag! Den habe nicht nur ich gesehen, ihren Unfall, sondern auch ihr kleiner Sohn und ihr Ehemann.

Das Ganze ist passiert, nur weil ein Streckenposten einen Fehler gemacht hat. Er hat einen Metallpfosten genau am Streckenrand in den Schnee gerammt. Sie ist gestürzt und mit dem Kopf genau auf den Pfosten drauf – hat sich das Genick gebrochen. War eine der besten Skirennläuferinnen, die Österreich je hatte. Ich habe zwölf Jahre lang ihren Aufstieg verfolgt. Die war immer gut drauf – und von daher ich auch. Die ist auch von den Bergen gekommen, ein Bauernkind wie ich auch, das sich so heraufgearbeitet hat. Und dann diese glänzende Ski-Karriere. Hat mehrfach Weltcup-Rennen gewonnen und war zweifache Weltmeisterin. Riesentorlauf und Super G oder Slalom, ich weiß gar nicht mehr genau. Die hat wirklich viel erreicht und war gerade einmal fünfundzwanzig Jahre alt. Hey, ich weine selten, aber damals sind mir die Tränen gekommen.

Kennengelernt hatte ich sie in Tirol. Bei einem Rennen, das war fünf oder sechs Jahre vorher. Eine der Läuferinnen, die Elisabeth Kirchweil, die war ganz aus der Nähe von meiner Ortschaft. Die ist mit ihr Rennen gefahren, und die kenne ich von klein auf. Von der Lisi war ich immer ein Fan, und durch die Lisi habe ich die Ulli Maier kennengelernt. Das ganze Nationalteam, eigentlich. Der Lisi bin ich immer nachgefahren, das hat ihr getaugt. Für die war ich wie ein Onkel. Die hat auch keine Berührungsängste gehabt, die Eltern auch nicht, selbst als ich im Knast war und so.

Tja, der 29. Jänner im Jahre 1994, das war Ullis letztes Rennen. Eine Woche vorher hatte sie noch einen Riesentorlauf gewonnen, ich glaube in Südtirol. Eine Woche später ist sie tot, weil irgend so ein Idiot einen Fehler gemacht hat. Natürlich ein Bundesdeutscher, das war ja klar.

Auf meinen Wegen gibt es viele Tote, Frank."

Ich spürte, daß die Zeit davonlief. So begann ich, ihn planlos auszufragen.

„Franz, reden wir mal über etwas anderes. Wie hast du die Einführung des Euro erlebt, und was denkst du darüber?"

„Die Einführung des Euro, das will ich dir mal sagen, wie das für uns Obdachlose ist. Mir wäre lieber, wenn es die Mark wieder geben würde und den Schilling. Der Euro ist ein Teuro. Was früher eine Mark gekostet hat, kostet heute einen Euro. Aber das sind zwei Mark. Also ist alles doppelt so teuer, obwohl es doch noch gar nicht so lange her ist.

Die Leute geben dir auf der Straße genauso viel wie früher oder sogar mehr. Wenn sie früher fünfzig Pfennig gegeben haben, so geben sie heute fünfzig Cent, das ist eine Mark. Aber was kriege ich mit fünfzig Cent? Was kann ich denn damit kaufen? Früher, mit einer Mark, da konnte ich in den Supermarkt gehen und mir einen Liter Wein kaufen. Oder ein Bier und etwas zu essen. Jetzt kriege ich nichts mehr für fünfzig Cent. Das ist doch Inflation, auch wenn die Regierung sagt, wir haben keine Inflation. Ihr rechnet euch das doch schön und verschaukelt uns. Und laßt die Griechen rein und das halbe Mittelmeer, das kann doch nicht funktionieren mit diesem Gesocks. Ihr macht euren Reibach, und irgendwann fliegt alles auseinander. Und dabei macht ihr dann wieder euren Reibach, ihr Banker und Zocker alle miteinander.

Weißt du, ungefähr zwei, drei Wochen, nachdem das neue Geld rausgekommen ist, habe ich es das erste Mal in der Hand gehabt. In Österreich galt der Schilling ja noch ein halbes Jahr oder so. Mir wäre der Schilling lieber gewesen. Ich war auch gegen den EU-Beitritt. Ich bin überhaupt gegen die EU, weil das ein Sauhaufen ist. So etwas gehört professionell organisiert und nicht so amateurhaft. Ich habe damals sogar gegen die EU gestimmt.

Ich bin ja auch wahlberechtigt, ich kann sogar hier wählen, für Österreich. Wenn die Nationalratswahlen sind im Herbst, kann ich mir hierher nach Frankfurt eine Wahlkarte schicken lassen und wählen. Aber ich mache das nicht, weil mir egal ist, welcher Idiot an der Macht ist. Das sind alles Idioten. Das letzte Mal, daß ich mitgewählt habe, das war noch unter Kreisky. So Ende der Siebziger muß das gewesen sein. Ich habe den Kreisky gewählt, damals. Das war ein Jude. Aber der Kreisky war der beste Bundeskanzler, den wir je hatten. Der hat zwar Riesenschulden gemacht, aber Österreich hatte genug Arbeit, und es gab keine Armut. Es gibt jetzt auch nicht wirklich Armut in Österreich – jetzt ist es eines der reichsten Länder der Welt. Auch heute gibt es da fast keine Arbeitslosen. Und Nettozahler in der EU sind wir, ich glaube auf Nummer vier. Das macht die Leute heiß. Wenn es jetzt eine Volksabstimmung gäbe in Österreich über Verbleib oder Austritt, dann wären wir heraus aus der EU.

Wenn der Stracher, der jetzige FPÖ-Chef, im Herbst an die Macht kommt, dann gibt es diese Volksabstimmung. Dann treten wir aus, weil wir einfach die Schnauze voll haben, die Melkkühe zu sein. Damals, 2000, als die Regierung von ÖVP und FPÖ gestellt wurde, da wollte die EU Sanktionen verhängen! Das war ein Riesenfehler von diesen Europa-Trotteln. Die Österreicher vergessen das nicht so schnell. Wenn ein Volk wählt, dann hat die EU das zu akzeptieren."

„Da sind wir bei der Politik. Sag' mal, als Tiroler, was denkst du eigentlich über Südtirol?"

„Also, es ist so in Tirol: Es gibt Terroristen und Terroristen. In Tirol gibt es eine Gruppe, die heißt *Ein Tirol*. Das ist eine Terrorgruppe nach dem Gesetz. Die machen zwar Sprengstoffanschläge, sogar heute noch, aber so, daß keine Menschen gefährdet werden. Früher haben sie viele Strommasten gesprengt, auch der *Befreiungssauschuß Südtirol* und so, das war ihre Spezialität. Da ging's zur Sache. Und irgendwie haben sie ja auch etwas erreicht. Südtirol gehört formell zu Italien, aber es gibt viele Menschen in Südtirol, die sich weigern, Italienisch zu reden, obwohl das da die Amtssprache ist. Da spricht jeder Deutsch, mit und ohne Dialekt.

Naja, damals habe ich einiges mitgekriegt. Ich bin ja ein Mann der sechziger und siebziger Jahre. Da hat es geknallt nach Strich und Faden. An ein Mal kann ich mich erinnern, wo es doch sogar Tote gegeben hat. Das war ein Anschlag, den hat der Georg Klotz gemacht. Der wollte nicht, daß Menschen getötet werden, aber das ist danebengegangen. Ein Bergwerk hat der gesprengt, unter anderem. Der hat in Nordtirol unter Polizeischutz gestanden, damit ihn die Italiener nicht schnappen. Eine Million Mark hatten sie auf ihn ausgesetzt. Der ist wirklich von der Staatspolizei beschützt worden. In der Nähe von Gnadenwald, wo ich her bin, da hat er ein Haus gehabt. Seine Tochter kannte ich, die ist jetzt Abgeordnete in Südtirol. Viele Bauern haben dazugehört, zu *Ein Tirol* oder zum BVS. Leute, die auf dem Land lebten, und die wollten das Land zusammenhalten. Studenten waren auch ein paar dabei, Burschenschafter und so, aber so richtig etwas gerissen haben die einfachen Leute vom Land, wie immer. Im Krieg war es ja auch nicht anders. Mein Vater hat geblutet, und die feinen Pinkel saßen hinten und hatten ihren Burschen.

Ich sehe es so: Tirol gehört zusammen. Tirol muß eins sein. Tirol ist nicht Österreich, ist nicht Deutschland, ist nicht Italien – Tirol ist Tirol. Ich weiß nicht, ob du Tirol verstehst. Früher hatten wir einen Landeshauptmann, fast dreißig Jahre lang. Der Wallnöfer. Da brauchte kein anderer Politiker anzutreten, hat auch nie jemand ernsthaft versucht, weil er gewußt hat, der Wallnöfer gewinnt die Wahl ohnehin, für die ÖVP. Obwohl der Wallnöfer schon 1987 gestorben ist, ist noch Jahrzehnte später sein Schwiegersohn an die Macht gekommen. Und der ist jetzt noch Landeshauptmann von Tirol. Und das wird er sein bis zu seinem Tod. Und danach wird es sein Sohn sein oder was.

Im Jahre 1973, da gab es mal etwas Historisches in Tirol. Da wollte die Bundesregierung … Osttirol, das grenzt an Kärnten, aber nicht an Tirol. Man muß über Salzburg oder Kärnten fahren, um nach Osttirol zu kommen. Da wollten die Kärntner, daß Osttirol zu ihnen kommt. Und die Bundesregierung hat darüber beraten. Der damalige Landeschef, eben der Wallnöfer, sagte daraufhin, wenn die Bundesregierung Osttirol Kärnten zuschlägt, dann schicke ich 100.000 Schützen an die Grenze und es gibt einen Bruderkrieg. Weißt du, daß Tirol 150.000 Schützen unter Waffen hat? Das sind mehr als das ganze Bundesheer, die 50.000 Mann. Die sind in Vereinen organisiert und haben scharfe Waffen. Naja, und die hätte er an die Grenze geschickt – hat er zumindest gesagt.

Das wenigstens muß man der EU lassen, nach Südtirol haben wir jetzt einen noch besseren Draht. Aber was brauchen wir die EU. Tirol ist ein Land, das sich selbst erhalten kann. Wir überweisen Millionen nach Wien. Und die schicken es weiter nach Brüssel, und von da aus landet unser Geld dann bei den Tschuschen. Es hat ja auch ein Wiener den Andreas Hofer verraten, nachdem der die französische Armee geschlagen hatte. Und das letzte Lied, das ich dir hier in Frankfurt vorsinge, das ist die Hymne von Tirol, und das beantwortet deine Frage, denn in Südtirol wird sie genauso gesungen wie bei uns."

Franz beugte sich vor, erhob sein Glas Weißbier und sang leise, aber laut genug, daß man vom Nachbartisch zu uns herüberschaute:

„Zu Mantua in Banden
Der treue Hofer war,
In Mantua zum Tode
Führt ihn der Feinde Schar.

Es blutete der Brüder Herz,
Ganz Deutschland, ach in Schmach und Schmerz.
Mit ihm das Land Tirol,
Mit ihm das Land Tirol."

So sang er. Deutschland. Tirol. Was sollte ich dazu sagen? In meiner Welt war es nichts als hoffnungslos veraltete Romantik. Was für einen Quatsch er da erzählte, über den Euro und die EU. Alles nur Romantik und Gewäsch, schlimmster Stammtisch. Und sicherlich nicht profitabel. Also nichts für mich. Gut, daß er ging. Wir hatten noch eine Viertelstunde übrig, und auf einmal sehnte ich den Abschied herbei. Von mir aus ein Abschied für immer.

„Franz, was hast du noch für Wünsche im Leben?"

„Ich möchte nach Amerika, noch einmal in meinem Leben. Und daß mein Leben nicht mehr lange dauert, das weißt du. Das kannst du dir ausrechnen, bei meinem Lebenswandel, wie ich trinke, wie ich lebe. Das dauert nicht mehr lange. Von den Leuten auf der Straße lebt normal keiner so lange wie ich. Ich bin zäh wie eine Sau. Aber ich merke es, in der Früh', wenn ich aufwache. Ich muß aufpassen. Mein Gott, wenn ich morgens nichts zu trinken habe, wenn ich kein Geld habe, mir meinen Wein zu kaufen – ich dreh durch.

Es ist gut, daß ich deine Telephonnummer habe. Denn falls etwas passiert, kann ich dich anrufen. Und selbst wenn es aus ist, bei den Handys siehst du, soweit ich weiß, am nächsten Tage, ob angerufen wurde und wer angerufen hat. Tu das, Frank. Es kann ... Schau, es ist nichts unmöglich. Es kann immer etwas passieren. Und dann möchte ich keine schlechte Nachrede haben."

„Klar, mach dir darüber keine Gedanken. Am Montag haben wir übrigens wieder den 11. September. Kannst du dich erinnern?"

„Und wie. Ich habe damals in Wien in einem Wettbüro gesessen und zugeschaut, wie das zweite Flugzeug in den Turm geflogen ist. Ich bin da reingegangen, weil ich wetten wollte. Ich spiele ja auch oft am Automaten. Aber hier in Deutschland nicht, weil ihr hier nicht die Automaten habt, die ich spiele. In Österreich schon. Bei euren Automaten kriege ich keine Kohle ausgezahlt. Ich bin nicht spielsüchtig. Ich spiele selten. Und das einzige Spiel, das ich wirklich gerne mag, ist mit Karten – Poker. Beim Pokern mußt du bluffen können, dann gewinnst du.

Na, jedenfalls, da am 11. September, in dem Wettbüro, da haben sie mehrere Monitore gehabt. Auf dem einen haben sie Nachrichten gebracht. Und auf einmal ist das gekommen. Scheiße, habe ich gedacht. Für diese Terroristen würde ich gerne den Henker machen. Für so etwas habe ich kein Verständnis. Auf einmal siehst du, wie das Flugzeug in den Turm rast. Gefühlt habe ich nicht viel, das war ja Tausende von Kilometern entfernt.

Den Islam müßte man abschaffen. Alle westlichen Länder sollten den Islam ächten. Ein Moslem, der für so etwas ist, hat kein Recht, von mir Respekt zu verlangen. Uns gibt der ja schon gar keine Rechte. Für den sind wir Ungläubige, die sieht er noch schlechter an als seine Frauen. Daß das Krieg gibt, war mir eh klar. Noch ist es kontrolliert, aber wenn der Amerikaner den Zionisten folgt und den Iran angreift, dann sehe ich keine Chance mehr. Dann mischt sich Pakistan und alles ein. Da sind überall Atomwaffen. Der Nordkoreaner, der Pakistani oder der Chinese, einer von denen wird schon den Abzug drücken. Wenn die sich zusammentun, der Iran mit seinen Raketen, na gute Nacht. Der Bush wird das am Ende noch anfangen, bevor seine Amtszeit zu Ende geht. Das ist ein Kriegspräsident, genauso wie der Tony Blair in England. Ich mach mir Sorgen, daß der Bush abtreten wird, weil ich mir denke, daß es bis dahin krachen wird. Naja, Sorgen nicht – aber Gedanken mache ich mir.

Ich habe mir früher immer vorgestellt, wenn es einen großen Krieg gibt, dann steige ich hoch hinauf in die Berge. Da bin ich sicher. Aber jetzt, in meinem Alter, da bin ich ein bißchen weiser. Ich denke, wenn es noch einen großen Krieg gibt, dann brauche ich mir keine Gedanken zu machen. Dann ist es ohnehin vorbei. Auch ein neutrales Land wie Österreich ist dann nicht geschützt. Ich wünsche dir, daß du einmal mein Alter erreichst. Und noch dreißig Jahre dazu. Aber es könnte schwierig werden, je nachdem, wie sich alles entwickelt.

Ich würde ja auch noch gerne zehn, zwanzig Jahre lang rumziehen. Nur, das geht nicht. Ich weiß, in fünf Jahren ist meine Zeit vorbei, am längsten zehn. Bei meinem Lebenswandel ist dann Schluß – damit muß ich leben.

Ich habe aber keine Angst. Der Tod ist eine Erlösung. Sterben, das ist schlimm. Ich werde wohl gewaltsam sterben. Und selbst wenn mir heute ein Arzt sagt, ich habe Krebs, dann kaufe ich mir an der nächsten Ecke eine Pistole und schieße mir eine Kugel durch den Kopf. Das ist kein Problem. Aber ich weiß nie, wenn ich abends einschlafe, ob ich morgens aufwachen werde.

In Italien, da wollten mich einmal ein paar Nazis umbringen. Alles war gebrochen, mein Gesicht war nur noch Brei. Die wollten mich töten. Irgend etwas hat sie gestört, sonst hätten sie mich hingemacht. Das Jochbein, alles hatte ich gebrochen. Ich war im Schlafsack, und wenn ich im Schlafsack bin, bin ich wehrlos. Da komme ich nicht rechtzeitig heraus. Ich habe gar nicht viel mitbekommen, nur mehr Sterne gesehen. Einen vollen Schlag mit dem Baseballschläger habe ich über den Schädel bekommen, gleich zu Beginn. Und dann müssen sie durch irgend etwas gestört worden sein. Die Hand haben sie mir auch zertrümmert – schau: Der linke Daumen ist jetzt einen Zentimeter kürzer als der rechte. Der Daumen ist da hinten gestanden. Irgendwann bin ich aus der Ohnmacht aufgewacht. Habe mich auf die Straße geschleppt. Und dann hat mich eine Polizeistreife gesehen. Ich war über und über mit

Blut beschmiert, der Nasenbeinbruch war ja offen, mein ganzes Gesicht voller Blut. Die Polizisten haben gar nicht groß mit mir geredet, haben mich genommen, mich auf den Rücksitz ihres Autos gelegt, die Sirene angeschaltet und mit Blaulicht ins Spital gebracht.

Wenn die, die mich da überfallen haben, jetzt vor mir wären, ich würde ihnen den Schädel abhauen. Wegen zehn Mücken haben die mich überfallen. Das Geld war weg, und das war das Geld, das ich an dem Abend mit den Zeitungen gemacht habe. Und zwei Liter Wein haben sie mir auch noch weggenommen. Es gibt Leute auf der Straße, die bringen dich für einen Euro um.

So ist es nun mal im Leben. Ich sage immer, das Leben ist grausam, aber es ist schön.

Ich habe ja auch einmal jemanden angeschossen. Nach meiner Haft habe ich ihn einmal getroffen, den Polizisten von damals. War ich mit ihm ein Bier trinken. Du weißt ja, das war mit einer Magnum, der hat natürlich nur mehr im Rollstuhl gesessen. Dem hat's das Ding weggerissen, ich hatte Dum-Dum-Geschosse drin. Die eigentlich verboten sind, was mich damals aber nicht interessiert hat. 1995, lange nach meiner Entlassung, war ich mit ihm einmal ein Bier trinken. Der hat dann immer noch bei der Polizei gearbeitet. Aber natürlich im Innendienst, im Büro. Da habe ich ihn mal besucht. Ich wollte mich irgendwie entschuldigen. Der hat gesagt, okay, du brauchst dich nicht zu entschuldigen. Ich lebe noch, weil du kein Killer bist. Der war im vierten Bezirk in Wien, da machte er seinen Dienst. Das hatte ich herausbekommen.

Ich bin zur Polizei und habe gesagt, ich möchte den Inspektor Meyer sprechen. Jawoll, haben die gesagt, der ist Büro Nummer soundso. Ich bin rein.

‚Ich bin der, der Ihnen den Fuß weggeschossen hat.'

Der hat mich angeschaut, hatte mich eh erkannt.

‚Freut mich, daß Sie kommen.'

‚Ich möchte mit Ihnen reden, ich möchte mich entschuldigen bei Ihnen.'

‚He, Entschuldigung, ich habe mein Bein weg, ich habe ein Bein weniger. Aber ich freue mich, Sie haben damals nicht in mein Leben geschossen. Sie sind kein Killer nicht, Sie sind kein Mörder.'

So wie er es damals auch bei der Verhandlung gesagt hatte. Ich sagte ihm dann, können wir was zusammen trinken? Da meinte er, ja, ich habe um drei Uhr Feierabend. Treffen wir uns. Sie müssen halt meinen Rollstuhl schieben. Ist kein Problem, habe ich gesagt, den schiebe ich schon. Wir gehen ein Bier trinken.

Und dann sind wir im vierten Bezirk in Wien ein Bier trinken gegangen. Ganz normal. Sagt er, hey, du sollst deine Chance haben wie jeder andere. Du hast deine Strafe verbüßt, du hast deine Jahre abgesessen. Und wenn wir uns wieder einmal sehen, trinken wir wieder ein Bier. Dann zahle ich es, versprach er. Denn da habe ich es bezahlt. Wirklich, so war es – ich habe ihn zum Bier eingeladen.

Was fühle ich dem gegenüber? Er war damals ein Beamter und vielleicht zwei-, dreiundzwanzig Jahre alt. Irgendein Schuldgefühl habe ich schon. Ich würde es gerne rückgängig machen, aber dann wäre ich tot heute. Er gibt es ja selber zu und sagt, er hätte damals keinen Warnschuß abgegeben, sondern mich in Notwehr totgeschossen. Ich habe ja wirklich erst geschossen, als er die Waffe gezogen und entsichert hatte. Hättest du länger gewartet, sagt er, dann hätte ich dir ins Leben geschossen, mit Fug und Recht. Inzwischen sage ich, und ich habe dir nur den Fuß weggeknallt. Auf etwas anderes hätte ich mich nicht einlassen können, du hast eine Pistole in der Hand gehabt.

Wir sind das ganz im Detail durchgegangen und haben uns ausgesprochen. Wir waren dann gleich per du. Heute kann ich ihm in die Augen sehen. Er hat eine Prothese und kann schon gehen auch. Aber er sitzt halt lieber im Rollstuhl, wenn er arbeitet. Er hat nie gesagt, daß sein Leben verpfuscht sei. Auch bei der Verhandlung, da hat ihn der Richter gefragt, wollte Sie der Angeklagte töten, hat er gesagt, nein. Der hat wenige Meter vor mir gestanden, und wenn er das gewollt hätte, dann wäre ich heute tot und nicht hier. Der hat mir gezielt ins Bein geschossen.

Ich war damals so weit, daß ich keine Wahl mehr hatte außer dem und dem Tod. Wenn ich leben wollte, mußte ich abdrücken. Und ich wollte ja auch leben. Die Situation von damals, Frank, die ist nicht zu beschreiben. Das war ein Sekundenbruchteil. Ich hatte vielleicht eine Tausendstelsekunde Zeit zu entscheiden. Dann habe ich abgedrückt. Aber ich habe erst gewartet, bis er die Waffe entsichert hat. Als seine Waffe scharf war, habe ich abgedrückt. Weil die Kugel, die zuerst fliegt, trifft. Er hat ja auch noch abgedrückt, aber seine Kugel ist an mir vorbeigeflogen. Ssssst. Ein irres Geräusch, wenn eine Kugel an dir vorbeifliegt. Weil ihn meine zuerst getroffen hat. Wie beim Duell. Ich hatte ihm ja eine korrekte Chance gegeben, indem ich gesagt habe: Nimm die Waffe mit zwei Fingern aus dem Holster und lasse sie fallen. Er hat sie gezogen und entsichert, und so lange habe ich gewartet. Bis er die Sicherung zurückgezogen hatte. Damals hatte die Polizei noch die 65er. Heute haben sie die Choke. Da wäre ich tot, denn damit geht das schneller."

Es wird Zeit. Ich gebe Franz das Geld, damit er nach Wien fahren kann.

„Franz, sei ehrlich. Das wirst du sowieso nur verspielen und versaufen. Aber ich geb's dir trotzdem."

„Ich bin kein Spieler, wie du denkst. Ich spiele sporadisch. Am Automaten. Aber damals habe ich viel mehr Geld gehabt und viel mehr Geld verloren. Es gab Tage, da war ich reich. Und zu achtzig Prozent habe ich es durchs Spielen wieder verloren, erst in zweiter Linie wegen Frauen oder so. Aber nicht am Automaten habe ich gespielt, die hat es damals noch gar nicht gegeben. Ich habe Karten gespielt. Poker. Und Stoß. Und wenn du da nicht begleichst, bist du ein toter Mann. Das war im Milieu, da habe ich Stoß gespielt. Da kannst du in einer Nacht zehn Millionen gewinnen, aber du kannst sie auch verlieren. Das sind oft Pokerspieler, die dann auch Stoß spielen. So manche Poker-Weltmeister spielen Stoß."

„Und wie geht das, Stoß?"

„Es ist ganz einfach: Einen Stoß Karten teilt man durch drei. Das Paket mit der höchsten Karte unten gewinnt. Ein bißchen wie das Hütchenspiel auf der Straße. Wo ist der Würfel? Du setzt dein Geld auf einen der drei kleinen Stöße. Das kannst du mit zwei Leuten spielen oder auch mit zehn. Du legst 100.000 auf den Stoß, auf den du setzt. Und wenn du recht hast, dann kriegen die, die auf den richtigen Stoß gesetzt haben, alles ausgezahlt. Da kannst du in einem Spiel eine Million gewinnen. Alles, was die anderen verlieren, kriegst du ausgezahlt. Aber fünfundzwanzig Prozent gehören der Bank.

So geht's bei euch doch auch, oder? Die einen gewinnen, die anderen verlieren, aber ihr gewinnt immer.

Naja, im Kasino spielt man es nicht – Stoß ist verboten. Aber hier im Bahnhofsviertel kannst du es spielen, im Milieu halt. Ich habe es in Wien gespielt. Und das ging gut, ich habe oft gewonnen. Und dann wieder verloren. Und dann habe ich halt die nächste Bank gemacht. Wenn ich kein Geld mehr hatte, habe ich gesagt, kein Problem, morgen kriegst du es. Und dann habe ich die nächstbeste Bank gemacht.

Das meiste Geld, was ich je in der Hand hatte, waren sechs Millionen Schilling. Aber die hatte ich nur ein paar Stunden in der Hand. Dann waren sie wieder weg. Mein Komplize hatte sie mit davongenommen. Den Namen von meinem Komplizen kriegst du aber nicht, wenn du danach fragst. Ich hatte drei Schüsse im Bauch, aber er hat sich eine Zukunft damit aufgebaut. Später in den Knast hat er mir Geld geschickt, und hat auch Pakete geschickt. Ich habe noch nie einen Menschen verraten. Ich habe ihm den Weg freigeschossen. Ich habe den Polizisten angeschossen, und dann haben alle auf mich geballert. Zwanzig Mann haben auf mich geballert und sind zu blöd, mich zu treffen. Ich wollte, sie hätten es; sie haben mich nur dreimal getroffen. Einmal im Bauch, einmal in der Leiste, einmal im Oberschenkel. Ich habe heute noch die Narben. Die wollten mich töten. Wenn die Polizei schießt, schießt sie scharf. Nur schießen können die meisten nicht. Mein Komplize kam durch. Er hätte das für mich auch gemacht."

Wir verabschiedeten uns. Zuletzt gab ich Franz noch den Anfang des Manuskripts mit auf den Weg, soweit ich bis dahin unsere Gespräche niedergeschrieben hatte.

ENDE

Frankfurt am Main im Oktober 2006

DAS TONBAND

Vier Jahre, drei Monate, zwei Wochen und einen Tag nach seiner letzten Begegnung mit Franz entleerte Frank den Inhalt der Schubladen seines Schreibtisches in einen Umzugskarton. Der Schreibtisch war ein schönes, altertümliches Stück aus Frankreich, Louis XVI. Franks Großvater hatte ihn als Bataillonskommandeur 1940 aus Reims beim Vormarsch auf Paris mitschaffen lassen und von dort aus nach Deutschland verbracht. Frank war beim Umziehen (er hatte eine größere, repräsentativere Wohnung gekauft), die Möbelpacker waren schon bestellt. Immobilien sollte man anschaffen, das meinten viele seiner Kollegen. Wer weiß, wohin diese Krise noch führen würde – es war gut, wenn man auch Sachwerte besaß. Er kannte sogar ein paar Verrückte, die Lebensmittel in Dosen horteten, falls es ganz schlimm kommen sollte. Aber bis dahin mochte der Rubel rollen. Vermögen wurden in solchen Zeiten gewonnen und verloren – und Frank war bei den Gewinnern. Diese Krise war unglaublich spannend. Kurz war es den Bankern zwar schlecht ergangen, sie hatten es mit der Angst zu tun bekommen, aber nun waren sie wieder obenauf. Sagen Sie „systemrelevant" und „alternativlos". Und lächeln Sie dabei. Mit diesem Lächeln ging Frank immer noch jeden Morgen und jeden Abend durch die Anlage zu seiner Bank und machte einen guten Job. Er wäre ein schlechter Banker gewesen, wenn er nicht schnell gelernt hätte, auch aus der Krise Profit zu schlagen. Seine Bonuszahlungen und der damit verbundene Lebensstil hatten ihn alle Zweifel von damals vergessen lassen.

Wie hätte er da an Franz denken sollen? Hätten Sie noch an Franz gedacht?

Also hinein in den Karton mit dem ganzen Schreibzeug. Da fiel ihm unerwartet ein Bündel Papier vor die Füße: „Niederschrift meiner Gespräche mit Franz S." Sieh an, das Manuskript, das ich dann doch nie an einen Verlag geschickt habe. Hätte ja auch niemanden interessiert. Aber was war wohl aus diesem Franz geworden, dem alten Bankräuber, dem Tramp? Nach Frankfurt kam er nie zurück, und ich habe auch nicht mehr an ihn gedacht, wie es ihm in Wien wohl ergangen ist und warum er sich nie gemeldet hat.

Auch ein Diktiergerät fand sich in der Schublade, auf einer Kassette hatte Franz vor vier Jahren brav seine Antworten auf Interviewfragen festgehalten, die Frank ihm zusammen mit dem Gerät einmal mitgegeben hatte. Das Tonband hatte Frank immer wieder abgehört, wenn er an dem Manuskript gearbeitet hatte, um sich an die Stimme von Franz und die gemeinsamen Unterhaltungen zu erinnern.

Frank schob den Karton beiseite, setzte sich an den Schreibtisch des Kommandeurs, drückte auf „Play" und vernahm die Stimme von Franz wieder so vertraut, als hätte er sie tags zuvor erst gehört.

„Zuerst die Antworten auf deine allgemeinen Fragen. Wie erlebe ich den Staat, was ich über ihn denke? Gar nichts. Weil er mir egal ist. Mächtig? Ich denke, er ist korrupt. Jeder Politiker ist korrupt. Ich kenne keinen ehrlichen Politiker. Mir gegenüber kann der Staat weder schlecht noch gut auftreten, weil ich nichts von ihm will. Er ist auch keine Bedrohung.

Die Polizei, na gut, das kann man nehmen, wie man will.

Ich habe keine Probleme. Ich nehme kein Geld vom Staat. Die 1240 Euro, die ich zweimal im Jahr von Österreich kriege, die stehen mir gesetzlich, verfassungsmäßig zu. Die habe ich nie beantragt.

Politik? Was bedeutet sie für mich, was ich davon halte? Politik, das ist für mich etwas, um das Volk zu bescheißen. Das verstehe ich unter Politik. Sie funktioniert nicht. Du siehst ja, Deutschland ist am Boden. Ihre Aufgabe wäre eine andere als die, die sie tatsächlich machen. Sieh doch die deutschen Politiker. Und wer hat nichts? Das Volk. Ich weiß nicht, wie sie wahrgenommen wird. Die Menschen sind dumm genug, immer dieselbe Partei zu wählen.

Einen Krieg wird es, glaube ich, nicht mehr geben. Und wenn, dann wird das der letzte sein. Dann wird es keine Menschen mehr geben. Ganz einfach. Der nächste ist ein Atomkrieg. Das kannst du mir glauben.

Armut, Hunger – haben wir nicht schon genug in Deutschland? Oder in Österreich, in Europa, in der EU? Wieso gibt es dann immer noch Armut und Hunger? Ich verstehe das nicht, aber es hat auch mit der Politik zu tun.

Revolution. Ja, ich war ein Fan von Che Guevara. Der Staat unterdrückt die Bevölkerung, aber manchmal steht sie auf.

Was ich über die Gesellschaft denke? Gar nichts. Ich möchte nicht dazugehören. Ich bin gerne ein Außenseiter. Schlechter kann sie nicht mehr werden. Das gibt es gar nicht. Werte haben die gar keine. Schau dir die sogenannte ‚gute Gesellschaft' an. Da ist doch nur Falschheit, schlangengleiche Falschheit am Werk. Jeder ist nur für sich alleine orientiert. Den Leuten ist doch egal, was mit ihrem Nachbarn passiert. Das sehe ich doch immer wieder auf der Straße.

Welche Rolle die Ausländer spielen? Der Staat hat den Fehler gemacht, so viele hereinzulassen. Ich habe nichts gegen Ausländer. Aber es sind einfach zu viele hier, deswegen gibt es auch so viele Arbeitslose. Warum? Weil das Volk zu dumm war, die Politiker einzubremsen. Das Volk könnte es ja machen, aber es tut es ja nicht.

Die Jugend ist schon okay. Auch die heutige Jugend ist in Ordnung. Ich mag die Jungen. Sollen sie mal einen kiffen, ist doch egal. Nur, ich finde es scheiße, daß der Staat und die

Polizei nicht in der Lage sind, die Jungen vor harten Drogen zu schützen. Leider muß man sagen, jeder zweite türkische oder afrikanische Ausländer, jeder Schwarzafrikaner, jeder Zweite davon ist ein Drogendealer. Schau dir die Dealer an. Ich seh es jede Nacht. Es sind Schwarze, und es sind Türken. Die verkaufen die harten Drogen. Und das unter den Augen der Polizei, das mußt du dir mal geben. Die fahren nachts Streife durch die Anlage, sehen die Dealer genau, sehen die Kiffer, sehen, wie sich die Leute die Spritze setzen, und die steigen nicht einmal aus dem Auto aus. Da habe ich oft das Gefühl, die Polizei hat Angst. Vor diesen Leuten. Und die Dealer sehen auch die Polizei und grinsen. Da frage ich mich schon: Welche Werte soll es in dieser Gesellschaft geben? Keiner hat mehr vor irgend etwas Respekt. Keiner hat mehr Anstand. Die Banker am wenigsten, auch wenn sie Anzug tragen.

Welche Werte? Welche Werte verstehe ich unter der Gesellschaft? Sie hat überhaupt keine. Sie ist faul. Sie ist innerlich verfault und wird immer fauler. Das ist ganz einfach so. Was soll man da noch denken?

Meine Einstellung zur Arbeit? Ich arbeite gern. Und ich arbeite hart. Ich habe hart gearbeitet in meinem Leben. Ich habe im Gefängnis auch im Schlachthof gearbeitet. Zwölf Stunden am Tag. Das ist harte Knochenarbeit. Ich habe nichts gegen Arbeit. Ich würde sofort Arbeit annehmen, wenn ich welche kriegen könnte. Und ich arbeite auch zwischendurch immer wieder. Für einige Zeit. Es gibt immer wieder eine Möglichkeit, einen Job zu kriegen, und den nehme ich sofort an.

Freiheit bedeutet für mich ohne Zwang zu sein, ohne Streß, ohne alles. Ich bin frei. Aber die Leute, die dem Job nachlaufen jeden Tag, in der sogenannten ‚guten Gesellschaft' leben, diese Leute, die über mich lachen oder auf mich herabsehen, die sind nicht frei. Die haben ein Haus, die haben Familie, die haben ihren Job, mit Streß. Streß, Streß, Streß. Die haben immer nur Streß, ja? Und mit vierzig haben sie einen

Herzinfarkt, und dann ist alles vorbei. Ich bin kerngesund. Ich frage mich – wer ist jetzt freier? Ich oder die?

Mit Geld hat Freiheit nichts zu tun. Geld macht nicht glücklich. Geld beruhigt. Ich brauche so viel Geld zum Beispiel, daß ich leben kann, daß ich mir etwas zum Essen kaufen kann, daß ich mir meinen Wein kaufen kann und meinen Tabak. Mehr brauche ich nicht. Ich brauche keine Million. Ich brauche keinen Ferrari. Ich brauche kein Privatflugzeug. Das brauche ich alles nicht. Mit dem Verhältnis zu anderen Menschen – ich finde, wer viel Geld hat, sollte etwas abgeben an die Armen. Aber nicht dann, wenn eine laufende Kamera dabei ist, sondern er sollte es dann tun, oder *auch* dann tun, wenn es keine Kamera gibt.

Mit der Natur hat Geld viel zu tun. Da hast du recht. Denn mit Geld könnte man die Natur retten. Nur, der Mensch zerstört ja die Natur durch seine Gier.

Glück. Für mich ist Glück, wenn ich mir einmal einen Luxus leisten kann. Zum Beispiel, ins Kino zu gehen. Oder wenn ich mich einmal in ein Restaurant setzen kann, um etwas Gutes zu essen. Dann sage ich, okay, heute kauf' ich mir ein Steak. Das ist für mich Glück. Das macht mich glücklich.

Unglücklich macht es mich, wenn ich von Leuten enttäuscht werde, denen ich vertraue. Da kann ich auch zum Bastard werden, da kann ich zur Bestie werden. Weil ich das einfach nicht vertragen kann. Aber um glücklich zu sein, brauche ich gar nichts. Glück, das sind für mich ganz kleine Dinge. Dann bin ich glücklich.

Ob ich andere glücklich mache? Ich weiß nicht, ob ich jemanden glücklich mache, wenn er neben mir sitzt und sich mit mir unterhält. Ich habe einige Menschen kennengelernt, die gesagt haben, du, es ist einfach ein richtiger Spaß, ich freue mich, daß ich mich mit dir unterhalten kann. Vielleicht mache ich damit Menschen glücklich. Wenn sie unser Buch einmal lesen, vielleicht hilft ihnen das, ich weiß es nicht.

Noch mal zum Geld. Wie ich über Geld denke? Ganz einfach. Geld beruhigt, macht aber nicht glücklich. Andere Menschen denken anders darüber. Ich wundere mich immer nur, wie die Leute das Geld scheffeln können, ohne Ende, schau es dir an. Die scheffeln, scheffeln, scheffeln. Wozu brauchen sie das? Wenn einmal der letzte Tag da ist, können sie es eh nicht mitnehmen. Sie können auch nur wie ich essen, trinken und von mir aus rauchen jeden Tag. Mehr können sie auch nicht machen. Ja, sie können sich schönere Klamotten kaufen als ich. Oder einen Ferrari oder sonst etwas. Aber macht das glücklich? Nee.

Mein Verhältnis zu Frauen ist ganz normal. Ich mag sie. Ich habe einige Frauen in meinem Leben kennengelernt. Sogar Hannelore Elsner und einige andere. Ich war verliebt auch, ja. Meine längste Beziehung hat drei Monate gedauert in meinem Leben. Länger hätte ich es nicht ausgehalten. Ich bin kein Beziehungsmensch. Heiraten hätte ich nie wollen, und würde ich auch nie. Ich würde auch nie eine Familie gründen. Weil ich genau weiß: Eine Familie zu gründen ist eine große Verantwortung – und die möchte ich mir erst gar nicht aufbürden.

Sex ist wichtig. Den braucht man. Auch ich habe Sex, auch wenn ich auf der Straße lebe. Da lebe ich nicht wie ein Mönch, das ist ganz normal.

Mein Leben ist eine Reise. Davon bin ich überzeugt. Ganz einfach – das ist so: Ich halte es vielleicht irgendwo ein paar Monate aus. Dann reißt mein Blut mich wieder auf, und ich muß weiter. Das liegt mir im Blut. Ich muß immer weiterziehen. Ich bin, wie ich immer sage, ein Ruheloser. Ich kann nicht irgendwo leben, eine Wohnung oder ein Haus haben. Ein geregeltes Umfeld, das kann ich alles nicht. Ich bin nun einmal so ein Mensch, und deswegen ist das Leben für mich eine Reise.

Gewalt. Stimmt, ich habe Gewalt angewendet in meinem Leben. Ich habe auch Gewalt erfahren, ich wurde ja oft genug überfallen. Vor einem Jahr schwer verletzt. Was ich darüber denke? Gewalt gehört zum Leben. Jeder Mensch ist in seinem Herzen, in seinem Inneren gewalttätig. Ich wäre in der Lage, einen Mord zu begehen. Das wird dir jeder Psychiater, jeder Psychologe, jeder Wissenschaftler bestätigen. Ein Mensch ist dazu in der Lage. Ich würde auch im Notfall wieder Gewalt anwenden. Da kenne ich keine Skrupel. Wenn es um meinen Leib, mein Leben geht – ich würde Gewalt anwenden.

Zum Beispiel wenn ich so durch die Straßen gehe: Ich mische mich nirgends ein, wenn ich sehe, zum Beispiel, da wird eingebrochen. Da gehe ich weiter. Wenn ich sehe, da überfällt jemand eine Bank, dann sehe ich zu und wünsche ihm Glück, daß er davonkommt. Das einzige, wo ich wirklich total gewalttätig werden könnte, das ist bei Sexualdelikten. Wenn ich dazukommen würde, daß jemand eine Frau vergewaltigt oder sich an einem Kind vergreift, ich würde ihn töten, der würde kein Gericht brauchen. Das kannst du mir glauben.

Der Krieg. Der Krieg hat unser Land sehr geprägt. Nur, die Menschen und die Politiker sind zu dumm, um das zu kapieren. Schau Richtung Amerika. Bush fängt Kriege an. Sinnlose, wertlose Kriege. Er opfert Soldaten für nichts. Familien werden zerstört. Warum? Immer wieder frage ich mich: Warum sind die Menschen so dumm? Warum der Mensch so dumm ist, da gibt es nur eine Antwort: Der Mensch hält sich für klug, das ist er aber nicht. Der Mensch ist das größte Raubtier der Erde, das gierigste. Warum, glaubst du, hat Bush die Kriege angefangen? Irak, Afghanistan, speziell Irak. Nur wegen des Erdöls. Nicht, um Hussein zu stürzen. Der Hussein wäre ihm wurscht gewesen. Er will das Erdöl haben. Das ist das Ding. Und der Krieg, ich sage dir eins, ich hoffe, es wird nie mehr einen geben, denn gibt es noch einen Weltkrieg, dann gibt es keine Welt mehr, das habe ich schon vorher gesagt.

Warum ich Alkohol trinke? Das kann ich dir sagen. Ich will vergessen. Und ... in erster Linie vergessen. In zweiter Linie, um die Menschen zu ertragen.

Ich sage dir etwas. Es gibt ein Sprichwort, das heißt, ich liebe die Tiere, seit ich die Menschen kenne. Und ich sage, ich liebe die Schlangen, seit ich die Menschen kenne. Denn neunzig Prozent der Menschen sind falsch wie Schlangen. Bei einer Schlange weiß ich, woran ich bin. Da weiß ich: Die beißt zu. Bei dem Menschen weißt du nie, wie du dran bist. Ich bin so oft in meinem Leben enttäuscht worden – von Leuten, denen ich blind vertraut habe, für die ich durch die Hölle gegangen wäre, für die ich alles getan habe –, daß ich wirklich nie mehr an das Gute in einem Menschen glauben kann. Es gibt ganz, ganz wenige Menschen im Leben, in meinem Leben, für die ich die Hand ins Feuer legen würde. Ganz, ganz wenige. Das ist eine Handvoll. Ansonsten, sage ich dir, ich verachte die Gesellschaft, die an mir vorbeigeht. Ich verachte sie nur. Die können über mich denken, was sie wollen. Ich lache in meinem Inneren über sie. Was wollt ihr? So einfach ist das.

Was ich mir wünsche von den Menschen? Nichts, gar nichts.

Doch – eines würde ich mir wünschen: Respekt."

Im Hintergrund hört man auf dem Tonband johlende Stimmen und das Geräusch schneller Schritte in Stöckelschuhen. Dann setzt ein Platzregen ein.

„Der Sinn des Lebens? Das Leben hat einen Sinn. Da kommen wir wieder zurück: Das Leben ist eine Reise. Jeder Mensch geht auf die Reise, von der Geburt bis zu seinem Tod. Er reist durch die Welt. Wenn er sein Ziel erreicht hat, ist das sein letzter Tag.

Ich hatte nie Bezug zur Kirche. Ich glaube nicht an Gott. Gott gibt es nicht. Gott ist eine Erfindung der Menschen, genauso wie Allah. Ich halte von dem allen nichts. Ich glaube an ein großes Buch, das Buch des Schicksals. Da wird jeden Tag eine Seite aufgeschlagen. Und wenn auf dieser Seite einmal mein Name steht, dann kann ich mich verstecken, wie ich will, dann ist es vorbei. Und das ist gut so.

Religiös? Okay, ich bin römisch-katholisch getauft. Aber ich bin von der Kirche schon vor dreißig Jahren ausgetreten. Und ich habe es nie bereut. Angst vor dem Tode habe ich nicht. Der Tod ist ein Freund. Man muß höchstens Angst vor dem Sterben haben. Weil man nicht weiß, wie es passieren wird. Was ist am letzten Tag? Bin ich krank? Habe ich Schmerzen? Oder habe ich einen Blitztod, einen Herzinfarkt? Das weiß man nicht. Vielleicht sterbe ich einen gewaltsamen Tod. In meiner Situation, dem Leben auf der Straße, muß ich auch damit rechnen. Aber der Tod selbst ist ein Freund. Er ist eine Erlösung. Davor habe ich keine Angst. Von mir aus ist es heute vorbei. Das ist mir auch egal. Oder morgen. Ich mache mir da keine Gedanken in diesem Sinn darüber. Nur, ich denke oft über den Tod nach. Ich denke schon nach. In meinem Alter – ich bin dreiundsechzig – da muß ich darüber nachdenken. Da kann jeden Tag etwas passieren.

Über meine Zukunft denke ich nicht nach. Da lasse ich alles so auf mich zukommen, wie es kommt. Ich bin ein alter Mann. Im Jänner werde ich vierundsechzig. Krankheit? Okay, wenn es mich erwischt, hat es mich erwischt. Habe ich Pech gehabt. Wenigstens bin ich jetzt noch gesund. Ich werde irgendwann eine kleine Rente kriegen. In anderthalb Jahren genau. Mit dieser Rente werde ich auch weiterziehen. Da habe ich wenigstens dann ein bißchen mehr Geld, um weiterziehen zu können. Mein Blut wird mich nie bremsen, mein Blut wird mich immer weitertreiben. Ich bin ein Wanderer, ein Ruheloser, ein Tramp.

Historische Ereignisse waren für mich negative Ereignisse. Zum Beispiel der Terror der RAF in den siebziger Jahren. Oder der Terror heute der Al Qaida. Oder das Attentat zweiundsiebzig bei der Olympiade in München. Das waren historische Ereignisse. Meistens sind die negativ. Den Fall der Berliner Mauer habe ich im Fernsehen miterlebt, aber ich war nicht selber dort. Die Wiedervereinigung finde ich gut. Nur sollte Deutschland endlich etwas daraus machen.

Die Fußballweltmeisterschaft 1974 – Deutschland wurde Weltmeister – das war super, da habe ich mich gefreut. Als Österreicher bin ich auf deutscher Seite, wenn sie um die Fußballweltmeisterschaft spielen. Damals, im Jahre neunzig, was habe ich mich gefreut für Franz Beckenbauer, weil es der erste war, der es als Spieler und als Trainer geschafft hat. Die Weltmeisterschaft 2006 war toll. Die deutsche Mannschaft war gut. Sie hatten eben das Pech, daß die Italiener um eine Spur besser waren. Aber Klinsmann war ein guter Trainer. Den hätte man unbedingt halten müssen.

Die Friedensbewegung, gut, da kann man sagen, was man will. Beim Kalten Krieg, da erinnere ich mich an einige Details und Ereignisse. 1963, glaube ich, das Problem mit der Schweinebucht. Und dann später wollten die Russen Atomraketen auf Kuba stationieren, zu Zeiten von Kennedy. Da wäre bald der dritte Weltkrieg ausgebrochen. Tschernobyl, da kann man wieder nur sagen – alles Schlechte kommt aus dem Osten. Die Explosion der Challenger. Von technischen Dingen verstehe ich nichts. Ich weiß nicht, warum es diese Explosion gab. Aber das war natürlich eine Riesenkatastrophe.

Die Städte. Aus meiner Sicht sind Hamburg, Berlin, Köln, Düsseldorf, Dortmund und Frankfurt, für Obdachlose gesehen, die besten Städte Deutschlands. Das Schlimmste, was dir als Obdachloser passieren kann, ist Bayern. Bayern ist immer noch – auch heute noch, über sechzig Jahre nach dem Krieg – zum Großteil rassistisch und gegen Minderheiten eingestellt. Das muß man nun einmal sagen, leider ist es so. Leider gibt es in Gesamtdeutschland, auch in Österreich, sehr viele Rassisten und Leute mit totalitärer Einstellung.

Ich möchte noch einmal auf die Kirche zurückkommen, und da stelle ich eine Frage: Wer ist der größte Massenmörder in der Geschichte der Menschheit? Hundert Punkte – das ist die katholische Kirche. Wen die alles ausgerottet haben, mit ihren Kreuzzügen, ihren Hexenverbrennungen, den Kolonien in Südamerika. Und da soll einer sagen, an diesen Gott soll man glauben, in dessen Namen man das alles gemacht hat? Daran soll man glauben? Der zweite Massenmörder ist der Islam, noch heute mit seinen Terroranschlägen. Jetzt wollen die alles ausrotten. Wenn es nach mir ginge, würde ich den Islam verbieten und die katholische Kirche dazu."

Im Hintergrund läuten, deutlich vernehmbar, die Glocken des Bartholomäus-Domes, Krönungsstätte der Kaiser des Heiligen Römischen Reiches Deutscher Nation.

„Ein Jahr war ich beim Militär, aber das war keine tolle Zeit. Mein Gott, ich war bei den Gebirgsjägern. Bataillon 29. Ich war froh, als es vorbei war.

Meine Jugend verlief eigentlich für damalige Verhältnisse harmonisch. Auch die Schulzeit. Okay, ich habe schlechte Erinnerungen, aber das war damals auch ganz anders als heute. Es gab damals in der Schule noch die Prügelstrafe. Der Lehrer konnte dich ohrfeigen, solange es ihm Spaß gemacht hat. Das war damals eben so, das war ganz normal. Auch die Eltern konnten dich grün und blau prügeln. Da haben sich doch kein Gericht und keine Polizei eingemischt. Ich habe die vier Klassen Volksschule absolviert, dann noch die Hauptschule, und mit sechzehn Jahren bin ich von der Schule abgegangen. Am 11. Juli 1958 habe ich meine Lehre begonnen. '61 meinen Gesellenbrief gemacht. Ja, und dann bin ich in die Kriminalität abgerutscht, das war damals auch gar nicht so abwegig. Das war eben so. Da hatte niemand etwas, nach dem Kriege. Da mußtest du schauen, wie du zu etwas kommst. Heute hat doch jeder, was er braucht! Das gab es damals nicht! Damals, in Wien, da waren auch Obdachlose ganz anders gestellt als heute.

Geboren wurde ich am 29. Jänner 1943 in Tirol, in einem kleinen Bergbauerndorf. Meine Mutter lebte damals bei meinen Großeltern, mein Vater war ja im Krieg. Meine Mutter war noch fünfzehn Monate nach meiner Geburt dort bei ihren Eltern. Mein Vater kam erst zurück, als ich zehn Jahre alt war. Und mit spätestens zwölf warst du damals erwachsen. Die Kinder, wenn sie von der Schule nach Hause kamen, haben auf dem Bauernhof gearbeitet wie alle anderen auch. Als ich zehn war, habe ich also meinen Vater kennengelernt. Da kam er aus der Gefangenschaft zurück. Im Krieg war er Soldat, und vorher war er Schuhmacher gewesen."

Verkehrsgeräusche, bis das Band abbricht.

ASYLUM, lat.: Zuflucht, Freistätte

Falls Franz noch lebte, würde er sich in diesem Moment vielleicht in Wien befinden. Frank recherchierte im Internet und rief bei der Obdachlosenzeitung dort an. Die Leute vom *Augustin* kannten Franz und berichteten, daß er sich tatsächlich in Wien aufhalte, ein Krebsleiden habe und in einer Sozialwohnung untergekommen sei. Noch verkaufe er die Zeitungen, wann immer sein Zustand es zulasse. Frank hinterließ seine Telephonnummer. Es dauerte zwei Tage, Frank war bei den letzten Umzugsvorbereitungen, da rief Franz an. Es war ein langes Gespräch. Franz sagte, er sei sterbenskrank, der Krebs fresse ihn auf. Frank erzählte von der Krise und dachte unwillkürlich, daß das Finanzwesen vielleicht auch wie ein Krebs über die Volkswirtschaft gekommen war. Den Gedanken wischte er schnell beiseite und hörte Franz sagen, was er an Frank immer gemocht habe, sei seine Offenheit gewesen, obwohl doch der eine nichts mit dem Leben des anderen zu tun gehabt habe. Und daß ihre Namen nur um einen Buchstaben unterschiedlich seien. So ähnlich und doch so fremd. Wie das Leben so spiele. Stimmt, dachte Frank. Ist mir damals nie aufgefallen, aber er hat recht. Franz und Frank, das ist ja zum Verwechseln. Und Franz sagte, daß „Frank" und „Frankfurt" für ihn seither immer zusammengehörten, daß er nie von der Stadt sprechen könne ohne an ihn zu denken. Zum Schluß fragte er, ob Frank ihn in Wien besuchen wolle und ob er Geld mitbringen könne. Zweimal buchstabierte er seine Adresse, dann legte er auf. Frank überlegte. Es war Samstag, am Montag sollten die Möbelpacker kommen. Er setzte er sich auf den Parkettboden, buchte im Internet einen Flug und reiste am nächsten Morgen nach Wien. Das war am Zweiten Advent 2010.

Bei der Ankunft am Flughafen Schwechat erwischte er ein Taxi, das von einem aus Serbien stammenden Zigeuner gelenkt wurde. Der Taxifahrer war ein lustiger Geselle. An der Donau beginnt der Balkan, dachte Frank und engagierte den Zigeuner als seinen Chauffeur auf „privater" Basis, wie jener es vorgeschlagen hatte. Der Zigeuner schaltete den Taxameter aus und legte eine CD in sein Autoradio. Zigeunermusik erfüllte den Wagen. Auch Tramps, dachte Frank. Sie fuhren in einen der Außenbezirke von Wien. Dort wohnte Franz in einem Asyl für alte, kranke Obdachlose.

Die Hauptstraße war eine schäbige Verkehrsader durch eine triste Gegend, Gewerbegebiete, Brachflächen und minderwertige Wohneinheiten mit den unvermeidlichen Billigläden. Der Himmel verbarg eine schwache Wintersonne hinter dunkelgrauen Nebelschleiern, der erste Schnee war schmutzig geworden, es war feucht und kalt.

Am Ziel angekommen, wies Frank seinen Chauffeur an, ihn nach zwei Stunden abzuholen, falls er nichts anderes per Mobiltelephon höre. Frank hatte erzählt, daß er einen ehemaligen Bankräuber, Glücksspieler und Stein-Häftling besuchen wolle, der dann erst Seemann und später ein Sandler geworden sei und nun in diesem Asyl wohne. Dem Fahrer war die Sache nicht geheuer. Er sicherte zu, mit „seinen Leuten" zur Verfügung zu stehen, falls Frank in Gefahr geriete. Dann fuhr er los.

Frank überquerte die Straße und näherte sich dem ihm am nächsten liegenden Wohngebäude. Es war in einem blassen Schlumpfblau gestrichen und trug ein großes Schild: „Seniorenwohnheim". Der zweistöckige Bau war etwa fünfundzwanzig Meter entlang der Straße errichtet und von ihr durch einen Maschendrahtzaun getrennt. Von Staub blinde Fenster, die meisten mit billigen Gardinen verhängt. Die Eingangstür unverschlossen. Eine am Sonntag verwaiste, unordentliche Pförtnerloge mit kleinem Büro hinter großer Glasscheibe. Wer möchte hier arbeiten? Keine Menschenseele zu sehen. Im Inneren des Hauses der Geruch von kaltem Rauch. Vom Treppenhaus ging auf beiden Stockwerken ein schmaler Flur ab, mit Türen links und rechts, daneben Namenschilder wie an den Zimmertüren einer Krankenstation. Am Aufgang Hinweise auf Zetteln, denen zufolge keine Bierdosen auf das Nachbargrundstück zu werfen seien und Ähnliches. Aus einigen Zimmern klangen Wortfetzen und Radio, ansonsten blieb es still.

Die Zimmernummer von Franz fand sich nicht in diesem Gebäude, so daß Frank wieder herabstieg und eine schneebedeckte Freifläche überquerte, um das zweite, dahinterliegende Haus zu erreichen. Der allen Krisen trotzende Investmentbanker stapfte durch den ungeräumten Schnee des Innenhofes einer Wiener Sozialeinrichtung und wirkte reichlich unpassend dort mit seiner ziegenledernen Reisetasche im Vintage-Stil, einem Hut aus Kaninchenhaar, Handschuhen aus Straußenleder, einem Mantel aus Kamelhaar und mit einem Seidenschal um den Hals, als flaniere er zum Einkaufen durch den Wiener Graben.

Plötzlich spürt Frank einen Blick auf sich ruhen. Aus einem der Fenster beobachtet ihn ein zahnloser Mann mit schlohweißem Haar und Bart. Uralt sieht er aus. Die Blicke der beiden begegnen sich, als Frank sich Schritt für Schritt dem Fenster nähert, hinter dem der andere lebt; tagaus, tagein. Der da hinter dem Fenster ist aber nicht Franz, sondern ein vollkommen Fremder. Wie die Magnete – Sie erinnern, in der Anlage – kommen die beiden einander nahe. Aber die Wirkung der Anlage fehlt hier. Die Magnete stoßen einander schon von weitem ab.

Frank senkt seinen Blick. Was soll der denken. Daß ich vielleicht der Enkel von einem hier bin, ein Enkel, der es zu Geld gebracht hat und jetzt seinen Opa hier herausholt, damit er nicht dahinvegetiert und verreckt wie ein Stück Dreck, vergessen von der Welt, verabscheut von der Gesellschaft, alt und krank, besoffen und dumm, ohne Wert, ohne Eindruck, ohne Sinn und Verstand? Einer hier hat einen solchen Enkel im Kamelhaarmantel, der ihn herausholt. Ein Wunder geschieht. Wie das Kind im Waisenhaus, das endlich doch noch adoptiert wird. Wie die Prinzessin im verwunschenen Schloß, die der Ritter befreit. Doch die im Dunkeln sieht man nicht. Zweiter Advent, freut euch, ihr Christen. Frank blickt nicht mehr hoch, möchte den Augen des anderen nicht begegnen. Was der wohl wieder für eine Geschichte zu erzählen hätte? Kann mich doch nicht um alle hier kümmern. Ein ganzes Haus voller Schicksale. Und wie viele solcher Häuser in Wien? Und wie viele Städte wie Wien? Ich habe einen Kloß im Hals, so viel Leid, dabei geht es denen noch gut. Frank will doch bloß zu Franz. Macht hoch die Tür, die Tor' macht weit.

Frank betritt das zweite Gebäude und läuft den unteren Flur entlang. Neunzehn, zwanzig, einundzwanzig – endlich. Da steht sein Name. Frank klopft. Scheinbar hat Franz nur auf ihn gewartet, denn sofort ertönen Schritte und eilen zur Tür. Da ist er. Franz öffnet und scheint kleiner geworden. Und noch grauer. Das Gesicht rundlicher als damals, geradezu aufgedunsen. Alkohol und Medikamente. Tiefe Augenringe, schütteres Haar, vergilbte Finger. Jeans und Strickpulli aus einer Altkleidersammlung, aber nicht schmutzig. Er wirkt nicht wie ein menschliches Wrack – obwohl ihm der Alkohol aus den Poren zu dünsten scheint – sondern hat immer noch diese kernige Wuseligkeit, geradezu fidel. Frank umarmt ihn kurz, aber distanziert, und betritt das Zimmer.

Ein kleiner Flur mit Garderobenständer und Tür zum Bad. Ein klappriger, altgelber Schrank, ein Bett mit Matratze, Decke, Kissen; sämtlich ohne Bezüge. Am Fußende des Bettes ein Brett, von dem ein großer, grauer Müllsack an zwei Reißzwecken bis auf den Boden herabhängt. Außerdem ein aus einer Kneipe geklauter Aschenbecher auf dem Brett und eine Flasche Hochprozentiger, halb leer. Ein Tisch mit vier Stühlen, was Frank an die Einrichtung seiner Sechsmannstube damals beim Bund erinnert. Auf dem Tisch ein Strauß Plastikblumen. Ein kleines Regal, darauf ein Fernseher, Boxkampf. Hinter einer Ecke scheint die Kochnische zu sein, aber die darf niemand betreten, wie Franz sogleich verkündet: „Die Küche ist mein Heiligtum, da darf überhaupt niemand herein." Auf dem Boden, der mit Kunststoffplatten ausgelegt ist, ein großes Poster. Es zeigt einen Strand mit Palmen und türkisfarbenem Meer. An den Rändern des Fußbodens liegen große Mengen Herbstlaub, lose in einer Ecke zusammengekehrt. „Damit ich etwas Leben hier drin habe", erklärt Franz. „Die hat mir der Wind hereingeweht, und ich lasse sie da liegen." Über dem Bett hängt das Photo einer jungen Frau, die aussieht wie eine sympathische Ausgabe von Andrea Nahles. Daneben ist ein Brief an die Wand geklebt:

> „Franz, alles Gute zum 66.! Du bist ein vollkommenes Unikat, stolz und stur, verrückt und ehrlich, klug und erfahren und ein wundervoller Freund. Als wir gegangen sind, hast Du schon geschlafen wie ein Prinz. Deine Nina"

Das Bett scheint in diesem Zimmer das wichtigste Möbelstück zu sein. Es hat die Parkbank aus der Anlage ersetzt und der davor befindliche Fernseher den Park; mehr scheint Franz nicht zu brauchen. Er scherzt, daß er nicht einmal mehr bumsen müsse, weil er ja ein Loch in der Matratze habe. Dann lacht er, hüpft auf sein Bett, kreuzt die Beine im Schneidersitz und dreht sich eine Zigarette. Frank beginnt das Gespräch dort, wo es vor über vier Jahren endete.

„Der Reihe nach. Wir haben uns am Bahnhof verabschiedet."

„Genau. Ich bin mit dem EuroNight nach Wien gefahren. Der fährt bis Wien durch. In Wien aber bin ich zusammengebrochen und ins Krankenhaus gebracht worden, und dort haben sie diese Hammerdiagnose gestellt, daß ich unheilbar an Krebs erkrankt sei. Sie konnten nichts mehr machen. Ich muß den Krebs schon in Frankfurt gehabt haben. Und schon früher auch. Na, und dann war's für mich vorbei. Da bin ich in ein Loch gestürzt. In ein tiefes Loch bin ich da gefallen."

„Du meine Güte. Das tut mir leid. In Frankfurt hattest du eine Art von Vorahnung. Du hattest gesagt, vielleicht habe ich einen Krebs, und dann schieße ich mir eine Kugel in den Kopf."

„Ich weiß es nicht. Vielleicht habe ich das gesagt. Aber es ist nun einmal so. Jetzt kämpfe ich seit Jahren mit diesem Schweinetier, verstehst du? Ich habe schon die dritte Chemo hinter mir. Und ich kämpfe mit dieser Drecksau.

Wenn du mir damals die Fahrt nicht bezahlt hättest, wäre ich gleich erledigt gewesen. Du hast mir das Leben gerettet. So kam ich in Wien in Behandlung, und später habe ich hier auch diese Wohnung gekriegt. Hier wohnen nur kranke Leute. Es gibt eine lange Warteliste. Aber mir haben sie die Wohnung innerhalb von vierundzwanzig Stunden gegeben, als ich endlich um Hilfe gebeten habe. Vom Krankenhaus aus, in dem ich dann schon das dritte oder vierte Mal lag. Ich habe es zuerst draußen niemandem gesagt mit meinem Krebs und habe noch auf der Straße gelebt, aber ich bin so oft auf der Freyung zusammengebrochen. Und dann haben sie im Krankenhaus sich um die Wohnung gekümmert, der Sozialdienst hat das gemacht. Das ging so nicht mehr weiter. Und von einer Bekannten die Mutter, die ist sehr einflußreich in Wien, eine hohe Magistratsbeamtin. Das ist das Photo hier über meinem Bett, die Nina, meine Bekannte. Die habe ich alle durchs Zeitungenverkaufen kennengelernt. Die haben mir die Wohnung so schnell verschafft, und jetzt wohne ich im Februar genau ein Jahr hier. Ich muß 317 Euro im Monat dafür bezahlen.

Jetzt habe ich auch eine Krankenversicherung, ich könnte sogar in Deutschland und europaweit behandelt werden. Und ich habe jetzt eine E-Karte von der Gemeinde Wien. Von der Gemeinde Wien erhalte ich jetzt auch die Grundsicherung, anstatt meiner Rente, die wäre weniger. Das ist bei uns in Österreich anders als bei Euch in Deutschland. In Österreich ist die Grundsicherung 740 Euro, plus Mietbeihilfe kriege ich 830 Euro. Das kriege ich jeden Monat, davon muß ich aber die Miete bezahlen. Von allen anderen Gebühren bin ich befreit. Ich kriege eine Monatskarte für die Öffentlichen für 15 Euro. Ich muß ja auch regelmäßig ins Krankenhaus fahren. Also ungefähr 500 Euro bleiben mir zum Leben. Das geht normal. Ich müßte also nicht mehr Zeitungen verkaufen. Aber ich brauch das einfach. Ich verdiene mir da was dazu. Und ich muß jetzt nicht mehr bei einem Würstelstand irgend etwas essen, sondern ich habe eine Küche und kann mir etwas kochen und mir mein Essen selber machen. Ich habe ja als Koch auch gearbeitet.

Das ist schon einfach etwas anderes. Nur daß mich halt das Leben in der Wohnung teurer kommt als das Leben auf der Straße. Aber ich habe den Platz und kann mich hierher zurückziehen. Da mach ich die Tür zu und fertig, Sendepause. Und wenn ich gehen will, dann gehe ich. Ich habe hier alle Rechte, kann tun, was ich will. Nur gewisse Regeln muß ich einhalten. Keine Gewalt. Das ist die wichtigste Regel.

Unser Heimleiter kommt aus Ungarn, ein Betreuer aus der Türkei, der ist Kurde, und die Marie, das ist eine Wienerin."

„Hast du Kontakt zu den anderen Bewohnern?"

„Nein. Ich sehe sie ja kaum. Meistens gehe ich schon um sechs oder halb sieben Uhr in der Früh aus dem Haus auf die Freyung. Wenn es mir gesundheitlich halbwegs gut geht, verkaufe ich dort bis zum Abend Zeitungen. Dann komme ich spät nach Hause, mache mir etwas zum Essen und sitze die ganze Nacht vorm Fernseher."

„Früher hast du ja nie ferngesehen. Wie ist das für dich?"

„Ich schaue mir alles an. Ich finde das okay. Es lenkt mich höllisch ab.

Na, und dann habe ich Freunde, die kommen – echte Freunde. Die kommen nachsehen, auch mitten in der Nacht oder tagsüber. Die schauen, daß alles mit mir in Ordnung ist. Die kommen auf die Freyung und suchen mich, wenn sie von mir nichts hören. So hatte ich es in Deutschland nicht. Dort habe ich auch nette Leute kennengelernt, die mir geholfen haben. Nicht nur du, auch andere. Du hast mir das Leben gerettet, ohne es zu wissen. Wenn du mir das Geld in Frankfurt nicht gegeben hättest, dann wäre ich nicht so schnell ins Krankenhaus gekommen wie in Wien. Ich bin ja richtig kollabiert damals und habe dem Knöchernen schon ins Angesicht geblickt. Also, wie gesagt, du hast mir das Leben gerettet, auch wenn du das nie gewußt hast. Aber du wärest auch nicht so weit gegangen wie diese Leute hier, die sich jetzt um mich kümmern."

„Hattest du denn damals überhaupt noch versucht, an deine Gerichtsakten für mich zu kommen? Weißt du noch, für das Buch?"

„Nein, habe ich nicht. Aber wenn du die bekommen hättest, dann würde auch noch etwas anderes in deinem Buch stehen. Nicht nur der Bankraub und die Schießerei. Sondern auch, daß ich geboxt habe."

„Was würde denn dann in dem Buch stehen, was war mit dem Boxen?"

„Ich war in meiner Jugend einer der erfolgreichsten Amateurboxer Österreichs. Ich war Staatsmeister im Amateurboxen und sollte sogar zur Weltmeisterschaft. Ich habe sogar den einen oder anderen Profiboxer k.o. geschlagen. In Wien habe ich diesen Kubaner, Johnson, einmal beim Sparring besiegt, als er gerade bekannt wurde, das hat nach mir kein Amateurboxer mehr geschafft. Ich habe sogar vorletztes Jahr, als es mit meiner Krankheit noch ging, an Straßenkämpfen teilgenommen, unten am Donaukanal.

Und als Boxer kam ich zudem wegen einer schweren Sache auch ins Gefängnis, nicht nur wegen Bankraub und versuchtem Polizistenmord. Es gibt also etwas, das du nicht kennst. Ich habe einmal zugeschlagen. Bei einer Lokalschlägerei. Da gibt es nicht viel zu erzählen. Der war dann tot. Das ist alles in meiner Knastzeit inbegriffen. Schreib das noch auf, dann steht alles korrekt im Buch."

„Du, Franz, ich weiß nicht, das mit dem Buch habe ich nie zu Ende gebracht. Hast du den Anfang von meinem Manuskript damals gelesen? Hat es dir gefallen?"

„Das war schon ganz okay, dein Manuskript, ich habe es gelesen, was du mir mitgegeben hattest. Bei den ersten Seiten aber habe ich mich geärgert und habe mich gefragt: Warum nennt mich der immer Penner? Ich bin kein Penner, ich bin ein Tramp. Aber du hast mich gut getroffen, stimmt schon. Das sagen meine Freunde hier auch, denen habe ich es allen gegeben. Und wir haben gedacht, eines Tages sehen wir das Buch … Na ja, Junge, scheiß auf das Buch. Es tut gut, daß wir uns wiedersehen. Es ist das letzte Mal. Es tut gut, daß ich dich noch einmal gesehen habe. Nicht nur, weil du mir Geld gibst. Sondern auch so, denn irgendwie haben wir uns ja gut verstanden … Du hast dich schon ein wenig verändert, Frank. Ich sehe dich heute das erste Mal ohne Schlips und Krawatte."

„Es ist ja Sonntag."

Franz lacht herzlich, als hätte Frank einen Witz gemacht, dann berichtet er weiter.

„Weißt du, es ist schon ein Vorteil, hier zu wohnen. Ich kann mich duschen gehen, wann ich will. Ich habe eine Dusche da. Sogar eine Sitzdusche. Da ist ein Sitz angebracht worden, falls mir schlecht wird. Ich habe eine Waschküche und kann jeden Tag saubere Klamotten anziehen. Das ist schon ein Vorteil. Ich kann mir etwas Warmes kochen, wenn ich Hunger habe. Wenn ich hier bin, habe ich meine Ruhe. Du merkst es, es ist ruhig im Haus. Es kommt schon vor, daß irgendein Verrückter einmal herumschreit. Es sind ja auch psychisch Kranke hier. Aber das überhöre ich einfach. Sie ist nicht schön, die Wohnung. Kahl, fast leer. Aber ich bin zufrieden, Frank. Ich bin zufrieden damit."

„Was hast du gedacht, als die Krankheit festgestellt wurde?“

„In dem Loch, da habe ich gedacht, jetzt ist es vorbei. Aber dann habe ich mir gedacht, Moment, du hast im Ring gekämpft, dann kannst du jetzt auch kämpfen. Für die Ärzte bin ich ein medizinisches Wunder, daß ich noch lebe. Normalerweise überlebt keiner den Lungenkrebs länger als zwei Jahre. Die Ärzte sagen, Franz, Leute, die in deinem Stadium sind, die liegen bei uns und vegetieren dahin. Und du gehst Zeitungen verkaufen. Sage ich, ja, weil ich nicht aufgeben kann. Ich kann nicht aufgeben. Aufgeben tut man einen Brief. Ich habe den Tod in den Augen, aber aufgeben würde ich einen Brief.

Bis zur letzten Sekunde werde ich kämpfen. Irgendwann werde ich hier liegen, und dann wird man mich finden. Es kommen ja jeden Tag um neun Uhr früh Betreuer rein, die auch kontrollieren, daß alles in Ordnung ist, und da wird mich einer finden. Oder es schmeißt mich auf der Freyung um.

Die Freyung ist mein Zuhause in Wien gewesen. Immer, wenn ich in Wien war, habe ich auf der Freyung geschlafen. Da gibt es einen kleinen Park, da habe ich drinnen geschlafen. Da gibt es Leute, die haben mir Frühstück gebracht. Weil sie mich alle kennen dort.“

„Wie sieht er aus, der Tod, wenn du ihn beschreiben solltest?“

„Darüber denke ich nicht nach. Aus einem ganz einfachen Grund: Weil mir das scheißegal ist. Wenn er da ist, ist er da. Der Tod ist nicht zu fürchten, sondern das Sterben. Wenn ich einschlafe und nicht mehr aufwache – bingo, habe ich gewonnen. Wenn ich aber langsam ersticke, wie es die Ärzte erwarten, dann kann das Minuten dauern, und Minuten können Jahre sein.

Ich werde sowieso nicht beerdigt. Ich komme in kein Grab. Ich habe meinen Körper der Wissenschaft zur Verfügung gestellt.“

„Kannst du mir den Kampf gegen den Krebs beschreiben?"

„Den Kampf gegen den Krebs? Den Krebs selber kann ich nicht beschreiben, ich kann dir nur sagen, wie ich den Kampf sehe. Für mich ist das ein normaler Boxkampf. Ich kämpfe gegen den Knöchernen. Er weicht mir aber immer aus. Ich kann den Knöchernen nicht erwischen, weil er zu schnell für mich ist. Würde ich ihn treffen mit meiner Rechten, dann flögen seine Knochen von hier bis Texas. Und niemand mehr würde sterben. Aber ich kann den Knöchernen nicht erwischen."

„Also kann man den Kampf nicht gewinnen?"

„Nein, das ist ein Kampf, den kann ich nicht gewinnen. Die Ärzte können mir auch nicht mehr helfen. Im Grunde genommen geben sie mir nur mehr Aufbauspritzen und Morphium."

„Aber es ist wichtig zu kämpfen, auch wenn man nicht gewinnt?"

„Ja. Man soll nie aufgeben. Ich bin für jeden Tag dankbar, Frank, den ich leben kann. Für jeden Tag, den ich noch lebe, bin ich dankbar. Aber ich bin auch dankbar, wenn es vorbei ist. Dumme Antwort, aber es ist so."

„Findest du das Leben schön?"

„Das Leben ist schön. Das Leben ist grausam, hart – aber schön. So habe ich es immer gesehen. Ich bin wieder ein bißchen reifer geworden zwischen der Zeit in Frankfurt und jetzt. In den letzten Jahren – seit ich weiß, wie es um mich steht. Schau, ich weigere mich zum Beispiel die meiste Zeit, Morphium zu nehmen. Ich will das Leben noch aufnehmen, wie ich es immer aufgenommen habe. Dafür saufe ich drei solcher Flaschen am Tag. Wenn du mir etwas Gutes tun willst, dann schicke mir aus Deutschland Doppelkorn. Den gibt es nämlich hier in Österreich nicht. Nur diesen einfachen. Den Doppelkorn habe ich so gern getrunken in Deutschland. Ich trinke keine dunklen Schnäpse gern. Klaren Korn trinke ich deswegen, weil er geschmacklos ist und geruchlos, dann stinke ich nicht so. Den habe ich immer schon gern gemocht."

„Hilft das Trinken beim Kämpfen?"

„Ja. Das ist die zweite Flasche heute, die andere steht dahinten. Die ist leer. Und ich bin immer noch nüchtern. Mir siehst du es nicht mehr an, wenn ich saufe. Hier ist noch Bier, das ist immer kühl, weil ich das Fenster nachts sperrangelweit aufhabe. Magst du eine Dose?"

„Danke, gern. Dann rauche ich auch ein Zigarillo. Magst du eines haben, oder bleibst du bei deinem Tabak?"

„Ich kenne deine Zigarillos. Danke, nein. Ehrlich gesagt, ich habe sie damals auch nur widerwillig geraucht."

Franz dreht sich die dritte Zigarette, seit die beiden ihr Gespräch begonnen haben. Frank denkt: Nicht schlecht für einen Lungenkrebspatienten. Und er muß herzlich lachen, weil Franz damals also widerwillig, aber immerhin tüchtig die guten Zigarillos geraucht hatte. Dann fragt er weiter:

„Zieht es dich denn gar nicht mehr in die Ferne?"

„Mein Leben spielt sich hier in der Wohnung ab und auf der Freyung. Kein Arzt würde die Verantwortung übernehmen, daß ich noch einmal wegfahre. Das Risiko ist zu groß, daß ich unterwegs zusammenbreche und krepiere wie ein Hund. Hier habe ich Freunde, die sich um mich kümmern. Es sind Ärzte da, es sind Krankenschwestern da, es ist das Rote Kreuz da, die Caritas ist da – wenn irgendwas ist, habe ich sofort Hilfe. Wenn ich eins eins zwo wähle, ist innerhalb von fünf Minuten die Rettung da. Die wissen genau, Zimmernummer so-und-so, und die haben einen Generalschlüssel, die klopfen nicht, die kommen einfach herein. Weil sie wissen, jetzt ist die Scheiße am Dampfen."

„Aber fehlt dir nicht das Umherziehen, du Tramp?"

„Klar fehlt mir das. Was glaubst du, wie gerne ich in den Zug einstiege und sagte, ich fahre jetzt nach Santa Nirgendwo. Aber nun bin ich auf die Hilfe von anderen angewiesen. Die Nina da, oder der Matthias und der Wolfgang, weißt du, wie oft diese Leute mich schon herausgerissen haben? Wenn ich dagesessen habe, keine Zeitung und nichts."

Frank blickte auf den Brief über dem Bett und konnte es nicht verstehen:

„Was glaubst du, warum die Leute das machen und dir so helfen?"

„Die Leute hier? Das würdest du auf der Freyung auch merken, die Standler auf dem Markt – daß sie mich mögen. Die meisten Standler nehmen nicht einmal Geld von mir, wenn ich einen Punsch trinke oder wenn ich etwas zu essen brauche. Die Leute können mich alle saugut leiden. Ich habe hier echte Freunde, die würden mich nie im Stich lassen. Vielleicht tut denen das gut, jemandem zu helfen. Das kann sich ein Banker bestimmt nicht vorstellen. Außerdem, hier in Wien, da bin ich eine Institution. Das können dir alle bestätigen."

Frank konnte es sich wirklich nicht vorstellen. Warum helfen die Leute einem alkohol- und krebskranken Penner, der Bankräuber gewesen war, einen Polizisten angeschossen hatte und sich nun auch noch als Totschläger entpuppte? Mich freut es, daß man ihm hilft, und ich kann ihn auch leiden, und immerhin bin ich nach Wien gereist, um ihn noch einmal zu sehen. Und natürlich gebe ich ihm Geld. Aber jede Woche würde ich ihn nicht um mich haben wollen, wenn ich ehrlich bin. So dachte Frank.

FREYUNG, altdt.: Asyl, Zuflucht, Freistätte

Die Freyung, einer der ältesten und schönsten Plätze von Wien, war Franzens Revier. Frank hatte spontan beschlossen, daß er Franz nicht zum letzten Male in diesem Leben gesehen haben wollte, ohne ihn hier in seinem Element zu erleben. So hatte er seinen Chauffeur bestellt, den serbischen Zigeuner, der sie vom Stadtrand in den ersten Bezirk brachte, auf die Freyung.

Dort war Christkindlmarkt. Der Himmel war immer noch grau verhangen, feuchte Kälte zog unter die Kleidung. Dicht gedrängt waren die Stände aufgebaut, Schnee auf den kleinen Dächern und Tannengrün. Die Luft war satt von Lichtern und Düften; der Markt voller Menschen, die heißen Punsch wärmend in beiden Händen vor den Mund hielten und sich gegenseitig Dampfwölkchen in die Gesichter bliesen. Ihre Augen glänzten. Helles Lachen lag über dem Christkindlmarkt. Einem jeden war es warm ums Herz, wie man so sagt, und Frank dachte, daß es tief in der germanischen Seele begründet sein müsse, daß ein Weihnachtsmarkt die passende Antwort auf den Winter sein kann. Sogar aus dem Ausland reist man an, landauf, landab, nach Frankfurt, nach Nürnberg, nach Hamburg und nach Wien, um Weihnachtsmärkte zu erleben. Der immergrüne Baum, die Jultanne der Ahnen, stand inmitten des bunten Treibens und kündete von milderer Jahreszeit.

Franz war gar nicht zu halten. Flink huschte er von Stand zu Stand, wurde allenthalben begrüßt wie ein guter, alter Bekannter. Die beiden erhielten Punsch und Brezeln. Franz spendete etwas Kleingeld an die Johanniter. An seiner Jacke hing ein verknittertes Lichtbild, das ihn als legitimierten Verkäufer der Straßenzeitung auswies. Passanten kamen auf ihn zu und kauften seine Zeitungen, die er im Rucksack bei sich trug. Einige steckten ihm nur ein paar Münzen zu, ohne die Zeitung zu erwerben. Er grüßte und wurde gegrüßt. Kaum drei Meter konnten sie gehen, ohne daß Franz angesprochen wurde. Der Weihnachtsmann höchstpersönlich hätte nicht mehr Reverenz erwiesen bekommen als Franz auf seinem Christkindlmarkt der Freyung.

Frank freute sich, dies zu erleben. Er betrachtete den wuseligen Franz und dachte, daß hier tatsächlich eine lange Reise zu Ende gegangen schien. Viel Zeit hatte Frank nicht mehr, denn bald mußte er schon wieder zum Flughafen. Endlich zogen sie sich etwas zurück und tranken einen Abschiedspunsch, an einen massiven, hölzernen Stehtisch gelehnt. Den Chauffeur hatte Frank bereits telephonisch bestellt.

„Franz, deine Boxerei, was hat es denn damit auf sich? Du hast im Streit jemanden erschlagen?"

Franz blickte seitwärts.

„Das interessiert niemanden. Es ist alles abgegolten."

„Doch, das ist von Interesse."

Mit seinen grauen Augen schaute er Frank an, und so etwas wie Mitleid und gar Verachtung lag in seinem Blick.

„Na, wie soll es schon passiert sein? Das Übliche. Alle besoffen in einer Bar von so einem Puff. Einer von den Freiern fängt an, ich war es nicht. Es gibt Leute, die wollen sich einfach schlagen, weißt du? Denen macht das Spaß, die sind pervers. Fängt der einfach an, mit mir zu streiten. Willst du eine in die Fresse? Versucht der, mir eine Bierflasche über den Schädel zu hauen. Habe ich rot gesehen. Linker Haken, da ging er hoch wie eine V-2. Ich mit voller Wucht seine Birne an den Tresentisch, und noch zweimal die Rechte. Ich wollte ihn auslöschen. Hier an der Schläfe, zweimal mit voller

Wucht. Dazu die Fraktur am Hinterkopf, war alles Matsch. Hirnblutung. Der war in wenigen Minuten tot. Da war ich schon weg. Habe danach noch zwei Banken gemacht, bis sie uns gestellt hatten. Eigentlich wollte ich ganz abhauen aus Europa, aber dann hatten sie uns eben gestellt, und dann die Schießerei, den Rest kennst du.

So, jetzt weißt du's. Geht's dir jetzt besser? Willst du jetzt noch weiter mit mir reden?"

Am Brunnen mitten auf der Freyung war eine Bühne aufgebaut, von der Gesang herübertönte:

„Das Blümelein, das kleine,
Das duftet uns so süß.
Mit seinem hellen Scheine
Vertreibt's die Finsternis.
Wahr' Mensch und wahrer Gott,
Hilft uns aus allem Leide,
Rettet von Sünd' und Tod."

Frank wußte nichts zu sagen. Als er schwieg, wiederholte Franz eindrücklich:

„Es ist alles abgegolten."

„Ja, Franz. Ich denke ja. Der Mensch wird es dir nicht verzeihen. Aber es gibt Wunder an Weihnachten. Und sieh, wie sie dich alle mögen."

„Das weiß hier keiner. Aber wenn mein Leben vielleicht doch als Buch herauskommt, werden es alle wissen. Doch dann bin ich schon tot, das kann mir egal sein. Die wissen hier auch nichts von meinen Straßenkämpfen."

„Straßenkämpfe?"

„Habe ich doch vorhin schon gesagt. Straßenkämpfe. Unten am Donaukanal. Da wurde schon immer gekämpft, siehst jetzt noch die Einschußlöcher von 1945, die Russen mußten sich da unten jeden Meter mit Blut erkaufen. Na, und seit ich Wien kenne, wird am Donaukanal auch illegaler Straßenkampf abgehalten. Weißt du wohl nicht, was das ist, du grüner Junge?"

„Nein, von solchen Straßenkämpfen habe ich noch nie gehört."

„Es gibt keine Kampfsportart, die brutaler als Straßenkampf ist, denn Straßenkampf ist keine Kampfsportart, sondern ein abgemachter Kampf, wo Geldeinsätze stattfinden und man alles benutzen kann. Mit ‚alles' sind keine Waffen oder Gegenstände gemeint, sondern Fäuste, Beine und so weiter. Es gibt keine Regeln, außer eben keinen Waffengebrauch. Da werden die Handschuhe ausgezogen. Die passen auf, daß es keine Toten gibt, aber Verletzte gibt es fast immer. So ein Straßenkampf endet nicht mit einfachem k.o. So, jetzt weißt du's. Und das habe ich noch gemacht, als ich wieder nach Wien kam. Wegen der Kohle und auch, naja, halt so. Aber ich war schon geschwächt und habe meist verloren."

„Und wer schaut sich so etwas an?"

„Politiker, Prominente, reiche Typen, arme Typen, alle möglichen Leute. Seit Menschengedenken hat es die Leute fasziniert, dabei zuzuschauen und Wetten abzuschließen, wenn zwei aufeinander losgehen mit der nackten Faust. Das hat es vor dem normalen Boxen mit Handschuhen gegeben und wird es immer geben, solange Männer aufeinandertreffen und einen Grund zum Kämpfen haben. Und Geld ist immer ein guter Grund zum Kämpfen, glaube mir. Nicht nur für euch in der Bank, auch für uns auf der Straße. Da holen wir alles aus uns raus. Du kannst halt gut rechnen und deine Finanztricks machen, und ich kann gut einem in die Fresse hauen. So einfach ist das. Ich weiß nicht, was schlimmer ist und was mehr Schaden macht. Ihr mit Eurer Scheißkrise oder wir mit ein bißchen Blutvergießen. Alles freiwillig, aber bei uns halt illegal, und ihr kriegt einen Bonus. Beim Straßenkampf, obwohl er illegal ist, schauen auch Polizisten zu, und manchmal macht sogar einer mit von denen. Da gibt es alles, glaub mir. Ich meine, die Polizei unternimmt mehr gegen Hundekämpfe als gegen solche Straßenkämpfe. Und durch das Internet bekommt das Milieu erst so richtig Auftrieb."

Franz ist noch grauer geworden im Gesicht, und seine Augen wirken trüb. Der Chor beim Brunnen singt:

„O du fröhliche,
o du selige,
Gnadenbringende Weihnachtszeit.
Christ ist erschienen,
Uns zu versühnen.
Freue, freue dich, o Christenheit."

Franz sackt in sich zusammen und klammert sich mit beiden Händen an die dicke, hölzerne Platte des Stehtisches.

„Frank, ich will nach Hause."

„Ist gut, Franz. Mein Taxi kommt gleich. Dann bringen wir dich heim, bevor ich zum Flughafen fahre."

„Mir geht es nicht gut. Ich muß mich setzen. Ich will nach Hause."

Er löst sich vom Tisch und wankt zwischen den Ständen des Christkindlmarktes dem Ausgang zu. Frank erschrickt. Vielleicht hätten wir gar nicht hierherkommen dürfen. Was weiß ich von seinem Zustand? Womöglich geht es ihm viel schlechter, als ich dachte. Frank holt ihn ein und stützt ihn. Links und rechts stolpert Franz, wie ein Schiff in schwerer See. Die Leute weichen den beiden aus und blicken bestürzt. Sie erreichen eine Bushaltestelle mit einer Bank.

„Setz dich hierher. Ich rufe den Fahrer noch einmal an. Ich halte dich fest."

Weit beugt er sich vornüber, Frank stütze ihn von vorne. Ein Röcheln klingt tief aus dem schwankenden Körper. Franz läßt seinen Kopf tief hängen, so daß Frank von oben seinen Nacken sieht und die freie Schulterpartie, an der kalten Luft. Die haarlose Haut ist grau und leblos wie Pergament, durch das sich die Nackenwirbel abzeichnen. So nackt, der Mensch. Ecce homo.

„He, Franz, ist dir nicht kalt? Franz, sag was!"

Keine Reaktion. Sein ganzes Gewicht lehnt an Franks Hüfte, mit der er ihn stützt, in der freien Hand die Reisetasche. Frank ruft einem Passanten zu, und seine Stimme überschlägt sich:

„Hallo, Sie da! Der Mann hier ist schwer krank. Wir brauchen einen Krankenwagen!"

Der Mann läuft zum nächsten Stand auf dem Christkindlmarkt, dort hektisches Hantieren, ein Mobiltelephon. Frank hält Franz nun mit beiden Händen an den Schultern und beugt sich zu ihm hinab. Das Gesicht ist aschfahl.

„Franz, alter Tramp, nicht schlappmachen! Wir holen einen Krankenwagen. Gleich geht's dir besser."

Keuchendes Husten. Franz spuckt Blut vor sich auf den Boden, auf seine Schuhe, auf Franks Schuhe auch. Frank denkt, mein Gott, der stirbt mir hier. Endlich, der Zigeuner erscheint, erkennt sofort die Situation, parkt den Wagen mit Warnblinker an der Bushaltestelle. Gemeinsam legen Frank und sein Fahrer den alten Tramp auf die Bank. Wie klein er wirkt. Er wimmert und röchelt und stiert in den grauen Himmel. Eine Ewigkeit vergeht. Dann Sirenen. Der Krankenwagen kommt. Man hebt Franz auf eine Trage. Da klärt sich sein Blick, er schaut Frank an und sagt: „Leb wohl." Frank nimmt ihn in den Arm, nun nicht mehr distanziert. Franz erwidert die Umarmung und drückt den Banker kurz aber so fest an sich, wie ein Soldat seinen Kameraden umarmt, wenn er spürt, daß es ans Sterben geht. „Leb wohl, Franz."

Schwer atmend saß Frank im Taxi, in dem wieder laut die Zigeunermusik erklang. Noch zweimal ließ er auf dem Weg zum Flughafen halten: einmal am Geldautomaten und einmal in einer ruhigen Nebenstraße, damit er in einen Gully urinieren konnte. Dann fuhr ihn der Zigeuner bis direkt vor das

Terminal. Zum Abschied schenkte er Frank die CD mit der Zigeunermusik. Es war seine Musik. Er spielt Geige. Sein Name ist Goran, und er ist Musiker, auch wenn Sie ihn bei oberflächlicher Betrachtung nur für einen Taxifahrer gehalten hätten. So wie Frank ein Schriftsteller ist, auch wenn Sie ihn vielleicht bloß für einen frustrierten Investmentbanker gehalten haben. Und so wie Franz ein Tramp ist und Sie einen schweren Fehler begehen, wenn Sie ihn bloß für einen sterbenden Penner halten.

Vertrauen Sie der Stadt. Die Anlage ist bereit. Nur Mut, treten Sie ein.

*